初恋を応援してくれる幼なじみとのラブコメ

神里大和

ファンタジア文庫

3082

口絵・本文イラスト　sage・ジョー

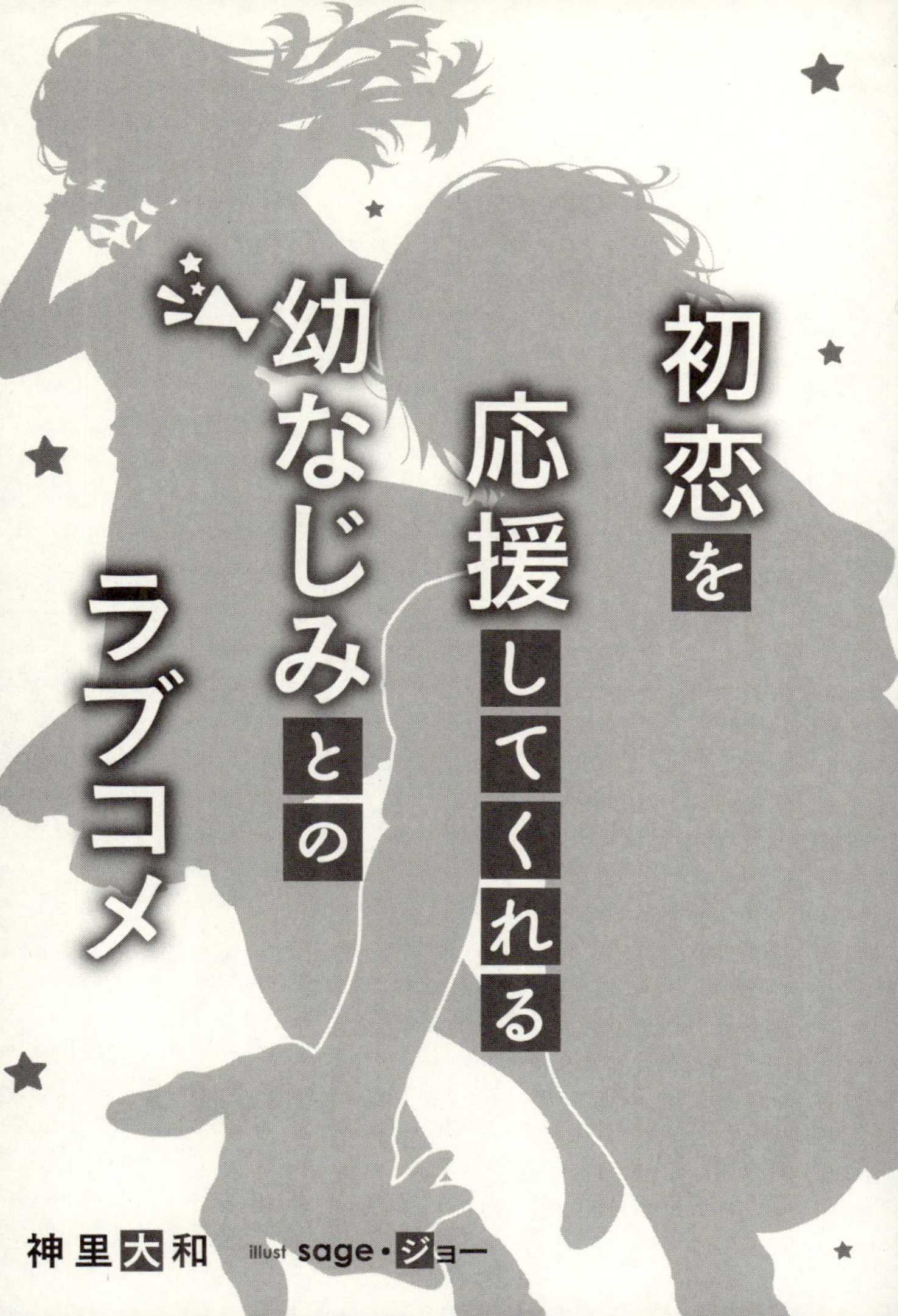

初恋を応援してくれる幼なじみとのラブコメ

神里大和

illust sage・ジョー

プロローグ　少し昔の話

初恋の経験はあるだろうか。あるとしたら、それはどんな初恋だった？

俺には姉ちゃんが居て、そんな姉ちゃんの友達を好きになったのが初恋だった。

顛末《てんまつ》を先に言うなら、これは叶《かな》わずに終わった虚《むな》しい恋の話だ──。


小二の秋、仲の良かった女の子が遠方に引っ越すことになった。

彼女は九条《くじょう》彩花《あやか》と言って、俺の姉ちゃんの友達だった。

一個上で小三の彼女は、よく我が家を訪れては──

「結斗《ゆいと》くんも一緒に遊ぼ？」

と、姉ちゃんの弟でしかない俺のことも遊びに誘ってくれるような、分け隔てない優しさを持つ可愛《かわい》い女の子だった。

とある理由から自宅療養ばかりの日々を過ごしていた俺にとって、彩花さんが遊びに来てくれる夕暮れ時は、人生における最大の楽しみと言える時間帯だった。

そんな彩花さんへの好意を覚えるのに時間はかからなかった。

「結斗くんはお勉強が出来るんだね？」

「勉強しかやることないから……」

ある日の夕暮れ時。ベッドで上体を起こし、学校に行けないから自習するしかない俺を見て、彩花さんは「すごいね」と頭を撫《な》でてくれた。俺は照れ臭くなった。

「す、すごいって何が……？」

「ゲーム三昧の生活も出来るはずなのに、サボらず勉強してるのがすごいなって思うの」

「そ、そんなの、すごいことじゃないよ」

「ううん、すごいと思うよ？　努力家だなって思う。きっと結斗くんが元気に登校出来るようになったら、学校で一番の秀才になれるんじゃないかな」

「……なれるかな？」

「なれるよ。だからきちんと元気になって、その姿を早く私に見せてね？」

そう言ってくれた彩花さんに対して、俺はもちろん頷《うなず》いた。

いずれ元気になって、勉強で一番を取ったその姿を彩花さんに見せる。

この時から、それが俺の人生における目標となった。

けれど、俺がそれを成し遂げる前に、彩花さんが引っ越すことになってしまった。

親の急な転勤とのことだった。

ショックだったが、大人の都合に振り回されるのが子供という存在であり、大人しく受け入れるしかなくて。

けれどやっぱり、そう簡単に受け入れられるモノではなくて――彩花さんの引っ越し当日、俺は別れの挨拶に来てくれた彩花さんを部屋に通せなかった。

別れの挨拶を聞きたくなかったのだ。それを聞いてしまったらもう二度と会えないような気がして、俺は別れの挨拶を拒絶していた。泣き顔を見せたくないというのもあった。

「……元気になった結斗くんを、一番の成績になった結斗くんを……きちんと見届けられなくてごめんね？」

部屋を頑《かたく》なに開けず、こともあろうに無言を貫いていた俺に対して、彩花さんが最後に告げてきた言葉はそれだった。

遠ざかっていく足音を聞きながら、俺はいっそう涙の粒を大きくした。

そうして涙が涸《か》れ果てた頃に、水滴の残滓《ざんし》をぬぐいながら俺は誓った。

いつかもう一度、彩花さんに会えると信じて。

それまでに体の状態をきちんと整えて――俺は勉強で一番になってやるのだと。

第1話　共闘

「なんで俺がこんなことをしなきゃならないんだか……」

　紺色の競泳水着（女子用）を手に持って夕暮れの住宅街を歩く今の俺は、見ようによっては間違いなく不審者であり——ちょっと君、お話いいかな？　とポリスメンに背後から肩を掴《つか》まれても文句は言えない状態だった。

　これにはワケがある。この競泳水着（女子用）は俺の私物ではなく、とあるポンコツ幼なじみの忘れ物——それを俺が彼女の家まで取りに行って、今から届けようとしているところだ。

　時は放課後。帰宅部ゆえに悠々自適に自宅まで帰っていた俺に一通のラインが届いた。

　かの幼なじみ様からの言付けはこうである。

『ねえ結斗《ゆいと》！　ヘルプ！　水着忘れちゃったから持ってきてくだせえ！』

　水泳部のくせに水着を忘れるってどういうことだよ。まったくガサツな奴《やつ》だ。俺がお人《ひと》好《よ》しであることに感謝して欲しい。本当はすぐに帰って勉強がしたかったのに。

　やがて住宅街を抜け、市街地が近付いてきた道中に俺の通う学校が見えてきた――私立海栄学園《カイエイガクエン》高等学校。偏差値六〇（特進科は七四）を誇る、この辺りでは有名な進学校だ。スポーツにも力を入れており、身体能力お化けたちも在籍している文武両道な校風だ。

　これから忘れ物を届けようとしている俺の幼なじみも、競泳界のホープなどと称される存在で、ガサツな一面とは裏腹にすごい奴だったりする。

　広い敷地《しきち》を歩いて水泳部の室内プールに向かうと、その入り口付近にそいつの姿があった。他の女子部員たちと一緒で井戸端会議の様相を呈している。

「あ、結斗ー！　こっちこっちぃ～っ！」

　俺の存在に気付くや、夏服のスカートがめくれそうな勢いでバネみたいに飛び跳ね、そいつは自分の存在をアピールし始めていた。俺はため息を吐《つ》きながら近付いていく。

「ほらよ水着だ。これでいいんだろ？」

「万事オッケー！　ありがと結斗！　いやぁ持つべきモノは従兄弟《いとこ》だね！」

　軽い調子でそんなことをのたまうこいつは、藤堂澪《とうどうみお》――浅く日に焼けた健康的な肌と、明るめの茶髪（地毛）がトレードマークの、腐れ縁の幼なじみ様である。

　従姉妹《いとこ》でもある。俺の親父《おやじ》とこいつの母親が兄妹《きょうだい》なのだ。

「良かったじゃん澪。旦那様が忘れモノ届けてくれて」

「やだなぁ、結斗はそんなんじゃないってば。でも頼りになるのは事実ですっ♪」

満更でもなさそうに何言ってんだこいつは。もっと否定しろ。俺は旦那様じゃない。

「え、澪と結斗くんって付き合ってないの？　チョーお似合いなのに」

「ね。片や競泳界のホープ、片や本日をもって学年主席だし、スポーツバカと勉強バカって感じで相性ばっちりだと思うんだけどね」

女子部員たちが好き勝手に抜かしていた。……勉強バカってなんだよ。下校中も単語カードめくってるのがそんなにおかしいのか？

「ねえ結斗、どうする？　傍《はた》から見て相性ばっちりなんだってさ。いっぺん付き合――」

「断固拒否する」

「食い気味の即答とか酷《ひど》くないっ⁉」

ぴえんぴえん、と嘘泣《うそな》きし始めた澪をよそに、

「それよりほら、もうじき部活が始まる時間じゃないのか？」

と、指摘してやった。この流れよ早く断ち切れろ。

女子部員たちが「あ、やば」と焦《あせ》った様子で室内プールに入っていく。

澪もその流れに続こうとしていたものの――

「あ、ねえ結斗、そういえばさ」

ふと何かを思い出したように立ち止まり、俺のもとにカムバックしてきた。

「どうした？」

「いやね、その、学年一位おめでとう、って言っとこうと思って。今さっきマコが言ってたから思い出したんだよね——今日、廊下に貼り出されてた結果はあたしも確認済み！　上位二〇名のリストの最上部で燦然《さんぜん》と輝く結斗の名前をね！」

六月に入って数日が経《た》った本日、五月の下旬に行なわれた中間考査の結果が、一年生教室フロアの廊下に貼り出されていたのは俺も当然確認している。

澪の言う通り、俺の合計点数は満点に数点足りないだけの、学年一位だった。

「結斗ってこれまで一位取ったことなかったよね？　中学の時から上位ではあったけど」

「だな」

「それなのに進学校の海栄でいきなり一位って……結斗、やっちゃったねえ〜？」

「カンニングとかしてねえからな！　普通に努力の賜物《たまもの》！　別の言い方をするなら禊《みそぎ》だ」

禊、あるいは——幼き日の誓い。

俺を優しく可愛がってくれた姉ちゃんの友達——彩花《あやか》さん。

結斗くんは元気になったら勉強で一番になれるよ、と言ってくれたあの人。

勉強で一番になったその姿を見せてね、と言われて、俺は頷いた。

けれど彩花さんが引っ越してしまったから、その約束は叶わずじまい。

約束が不履行で終わったのは誰のせいでもないだろうが、だからこそ不完全燃焼のまま今もそれが俺の心でくすぶっている。いつの日か、勉強で一番になった姿を彩花さんに見せたい。果たせなかった約束を果たしたい——そんな火が消えずに今もまだ生きていた。

「禊って、アヤ姉との約束まだ引きずってんの？　どんだけ律儀《りちぎ》なわけ……」

澪も彩花さんとは付き合いがあった。それこそ姉ちゃん、彩花さん、澪、の女子三人で遊んでいるのがメインで、それじゃ俺に悪いから、と心優しい彩花さんが俺のことも構ってくれていた、というのが当時の俺たちの構図だった。

「いいだろ別に。俺の自己満足かもしれないけど、彩花さんとの約束に応えたいんだ」

果たせなかった約束への禊として、ずっと勉強を頑張るのはおかしなことか？

頑張っていればいつか約束を果たせる可能性だってゼロじゃないのに。

「でもあたしたちってアヤ姉の今を知らないじゃん？　それなのに会えると思う？」

「……さあな」

俺たちは揃《そろ》って彩花さんの連絡先を知らない。唯一知っているのは姉ちゃんだが、その姉ちゃんも頻繁に連絡を取り合っているわけじゃなさそうだった。

別れたのはもう八年も前のことだ。俺が高校一年生になったように、彩花さんも順調ならば高校二年生――どこに住んで、どういう成長を遂げているのだろうか。何も分からないことに虚《むな》しさを覚えてしまう。……俺の初恋は閉幕したまま沈みゆく運命なのか？

「もうさ、あたしで妥協しとけば良くない？」

「……なんの話だよ」

「アヤ姉にいつまでもお熱でいたってしょうがないじゃん？　だからあたしで妥協しとけばって話」

「な、何言ってんだお前……？」

「イヤなの？」

「い、イヤとかそういう問題じゃなくてだなっ」

俺たち二人は幼稚園からずっと一緒の、言うなれば腐れ縁の幼なじみでしかない。しかも親戚同士。……可愛《かわい》いとは思うが、妙な目で見るのは俺の中ではタブー化されている。

「ま、冗談だから真に受けなくていいよ。ばか」

「ばかってなんだよ」

「なんでもありませーん」

澪は不機嫌そうに俺から離れたかと思えば、校舎の時計を見て慌て始めていた。

「やば。話し込み過ぎた！」

「何やってんだか。早く行けって。そんなんで将来の女子競泳界を背負えんのかよ」

澪はスポーツ特待生の枠で海栄に入学している。頭はだいぶ残念だが、競泳の実力は全国屈指の折り紙付きだ。五〇メートル・一〇〇メートルの自由形を主戦場とする澪は、中三最後の大会では県のベスト記録を大幅に塗り替えて全国大会に出場しており、優勝こそ出来なかったものの、ベスト一六に名を連ねるという栄誉に輝いた――だから何気に、というかだいぶ化け物じみた存在だったりして、その手の雑誌では〝快活マーメイド〟の異名を与えられ、将来のオリンピック候補生とまで言われていたりする。

「背負えるのかよと聞かれたら、そりゃ背負えらぁと答えるしかないよね！　いいかね結斗少年っ、あたしの将来の夢は金メダルを獲得してかじって歯を欠けさせることだ！　覚えておきたまえ！」

いや歯は大事にしとけよ……。

室内プールに駆け込んでいく澪めがけて、俺は心の底からそう思わざるを得なかった。

「おかえり結斗。そこ掃いたばかりだから、靴底の汚れを落としてから上がりなさいね」

彩花さんは今何してるんだろうな、などと引き続き考えながら帰宅したところで、玄関を掃き掃除していた姉ちゃんに出迎えられた。

姉ちゃんは俺の一個上で高二だ。上品なギャルとでも呼ぶべき外見をしている。矛盾した表現かもしれないが、そうとしか形容出来ないのだから仕方がない。あと胸が薄い。しかし威光を背負っているかの如《ごと》く常に胸を張って生きている。自信家なのだ。俺と同じく海栄に通いつつ、生徒会長をやっているほどだからな。

そんな姉ちゃんは共働きの両親（海外に飛ぶこともある）に代わって家事炊事を器用にこなせる主婦スキルを身に付けており、我が家の中枢を支えている。ゆえに生徒会長としての業務に携わる場合を除いて、家の手伝いをするために帰りは早いのだった。

「そういえば結斗、学年一位だったそうね？　おめでとう。ついにやったじゃない。これで姉弟揃ってトップだから、海栄もちょろいもんよね」

どうやら俺のテスト結果はリサーチ済みであるらしい。

姉ちゃんの結果は見てないので知らなかったが、この人は俺以上の天才で、小学生の頃から成績最上位をキープしているのだから、その結果はさもありなんと言える。

「お祝いに今日はすき焼きにしようと思うんだけど、異論は？」

「ない」脱いだ靴を揃えつつ、俺は姉ちゃんにふとこんな質問をしていた。「なあ、彩花さんって今何してるか分かるか？」

「どうしたのいきなり」

「ちょっと気になってるんだ」

「ふぅん。ま、結斗は可愛がられていたもんねえ？　わたしじゃなくて、彩花がお姉ちゃんなら良かったのに～、とか思ったことがあるんじゃないの？」

「それはないな。実の姉じゃないからこそ、憧れていられるんだし」

濃い血の繋《つな》がりがあれば、ロマンスの余地は生まれないのだ。

「相変わらずの彩花大好き人間だこと。ちなみにわたしは彩花の下僕になりたかった」

「多様性の時代でも許されない嗜好《しこう》はあるんだからな？」

「そんなこと言われても彩花が好きなんだから仕方ないじゃない！　いつの日か彩花と一緒にひとつ屋根の下で暮らして鞭《むち》を振るってもらったりなんかして――ふへへ……」

……この歪《ゆが》んだ嗜好がなければ、パーフェクトな美人生徒会長なんだがな。

「とにかく姉ちゃん、彩花さんの今の情報をくれないか？　今の居住地とか、今の姿が分かる写真とか、あるだろ？　たまに連絡取り合ってるわけだし、情報の共有をだな」

「結斗、それ以上はいけない。わたしの逆鱗《げきりん》に触れてしまうわ」

「どういうことだよ……」

「彩花の情報なんてね、元気に高校生をやってる、ってことくらいしか知らないの」

「は？　……姉ちゃんでさえその程度の情報量？」

「ええ、色々とお茶を濁されてる感じね」と、姉ちゃん。「今の写真だって持ってないわ。彩花ったら、恥ずかしいとか言って全然写真を送ってくれないんだもの……だからこのやるせなさは結斗にぶつけるしかないわね。——ひとまずチューしましょうか？」

「百合《ゆり》の代替に俺を使うな！」

「ま、お戯《たわむ》れはこのくらいにしときましょうか……ところで結斗」

姉ちゃんはふと真面目な表情で続けた。

「そんなに彩花のことが気になるんなら、連絡先を教えてあげましょうか？」

「いや……、それはいい」

姉ちゃんは昔からよくそんな提案をしてくれるが、俺は頑《かたく》なに拒み続けている。憧れの人の連絡先を他人から聞くというその情けない感じが、俺のプライド的に受け付けないからだ。そこでがっつくのが恋愛強者かもしれないが、俺には一歩踏み出す勇気などない。

再会したいと思いつつ、けれど俺はもしかすると、今のままを望んでいるのかもしれない。幼き日の、あの日に止まった彩花さんとの時間が再び動き出したとして、しかしそれが必ずしも都合の良い方向に転がるとは限らないわけで——そうなるくらいなら、止まった時間は止まったままでいいのだと、そう思う気持ちがないわけではなかった。

止まったままでいれば、思い出は汚れないのだし。

「思い出は汚れないとか思ってるなら間違いよ？　思い出は色褪《いろあ》せていくからね」

そう言って姉ちゃんはメモ帳を取り出し、そこにボールペンで何かを書き始めていた。

「はい、これ。彩花の連絡先。受け取りなさい」

メモしたページを破いて、姉ちゃんは有無を言わさず俺にそれを握らせてきた。

「な、何するんだよ急に……」

「学年一位のお・い・わ・い。意訳すれば、いい加減直接やり取りをしろってことね。あれやこれやと理由を付けつつ、それでも本心としては彩花の連絡先が欲しいくせに」

「別に欲しくなんか……」

「はいはい無理しないの。それにね、結斗が連絡した方が色々と情報をくれるかもしれないから、彩花ハンターのわたしとしてはそれに期待ってことで」

「そっちが本心かよ！」

「失礼な。結斗の後押しも本心だから」

姉ちゃんは玄関から離れ始めていく。

「まあとにかく——止まった時間、そろそろ再開させてもいいんじゃないの？」

そんな勝手なことを言って、キッチンですき焼きの準備を始める姉ちゃん。

俺は握らされたメモ用紙を、しばらくの間黙って握り続けていた。

一旦メモ用紙のことは忘れて、俺は自室に向かったあとは勉強に没頭した。

いつか彩花さんに元気で頭の良い姿を見せるために。

そんな、果たせなかった約束をいずれ果たすために。

そうした勉強の動機は結局、止まった時間が再び動き出すことを望んでいる証左なのかもしれない——果たせなかった約束を果たすには、繋がりを取り戻す必要があるのだし。

「…………」

俺は机の端っこに置いたメモ用紙に目を向ける。

そこに記された連絡先を利用し、彩花さんと連絡を取れば何かが変わるのだろうか。

俺は今日、ついに念願の学年一位となった。

勉強で一番になった姿を見せるという、その条件を満たしたことになる。

彩花さんに連絡を取れば、この姿を見せるチャンスが生まれるのだろうか。

メモを活用するか否《いな》か思い悩む中、俺は夕飯に呼ばれ、姉ちゃんとすき焼きを共にした。

食べ終えて部屋に戻ったその時、階段をリズミカルに駆け上がってくる足音が聞こえた。

勉強の教えを請《こ》う問題児が、どうやら今宵《こよい》も我が家を訪れたらしい。

「——結斗センセーっ、今夜もよろしくぅー！」

ややあって、俺の部屋のドアを大きく開け放ったのは澪である。

水泳部終わりでそのままやってきたのか、頭が若干濡《ぬ》れた状態だった。

「今日も逃げずに来たか。割と続いてるな」

成績が壊滅的な澪は、水泳に支障をきたさない範囲で俺とこうして一時間ほどの勉強会を行なうことがある。高校に入ってからは最低でも週二ペースを守っている感じだ。

正直な話、スポーツ特待生の澪は勉強なんてする必要がまったくない。プロ注目の高校球児の如く、授業中に寝ようとも大会で好成績を残し続けていればそれで問題ない。

にもかかわらず勉強をしたがるのは、澪が負けず嫌いだからだ。劣った点をそのままにしておくのが気持ち悪いらしい。勝負の世界に生きる者としてのサガだろうか。

「ふふんっ、今日も逃げずに来たぜえ。あたしの辞書に逃げるの文字はないからね！　競泳同様直進あるのみ！　コーナーで差を付けろ！」

「直進なのか曲がるのかハッキリしろよ」

「それより結斗センセーっ、今日は何を教えてくれるのっ？」

ローテーブルで澪が教科書やノートを広げ始めていた。

「今日は現代文だな。お前はそこが壊滅的過ぎる」

「だって作者の気持ちとか読み解けないし！　あの手の問題文に利用される作者の人って

さ、ものすごい数の学生から勝手に気持ちを決め付けられるんだから可哀想《かわいそう》だよね！」

「……独特な感性だな」

まぁ、たかが文章から作者の何が分かるんだという話ではあるのかもしれない。

「ねえ結斗、ここはどういうことなの？」

それから澪の対面に座って勉強を開始した中で、澪がテーブルに身を乗り出し、俺に不明な点を聞いてきた。濡れた髪から塩素の香りが漂ってきて、距離の近さをイヤでも感じ取ってしまう。

うぐ……なんとも落ち着かない。従姉妹《いとこ》の澪を変な目で見たくはないが、近頃の澪は女らしくなってきた。それは性格が、ではなく体の話であって、昔はそれこそ男子と間違われるくらいに女っぽさを欠けさせていたが、中学に入ったあたりから見違えるほど成長して、今では客観的に見れば可愛《かわい》いと言わざるを得ない外見となっている。しかも発育が割と良くて、目のやり場に困ってしまう。

「ねえ、ねえってば。話聞こえてるよね？　水の中に居るんじゃないんだからさ」

「え？　あぁ、悪い。そこはだな――」

と慌てて澪の質問に応じて、妙な気持ちを追い出しにかかる。

落ち着けよ俺。澪に惑わされるなよ俺。お前が好きなのは彩花さんだ。

「ほうほう、なるほどね、そういうことなんだ。あたしみたいなバカにも分かりやすく教えられるから、結斗ってすごいよね。じゃあこっちはどういうことなの？」

更にテーブルへと身を乗り出して、引き続き分からない箇所を尋ねてくる澪。

そんな軽い四つん這《ば》いじみた体勢なもんだから、制服のブラウスの胸元が、重力に引かれてわずかな隙間を作っていた。その隙間から澪の谷間が見えてしまっている。

あぁもう……目のやり場を更に困らせるなよこいつはホントに。無防備過ぎんぞ。

「あ、結斗ってばどこ見てるの……えっち」

視線に気付かれ、澪がそそくさと身を引いていく。

急にしおらしい態度を取りやがってからに……照れ臭いのは俺の方だっつーの。

「……小六まで一緒に風呂《ふろ》入ってたんだから今更恥じらうなよ」

「な、何さ。そう言う結斗だってちょっぴり照れてるじゃん……ばか」

頬を染めたまま、澪が弱々しくそう言った。

なんだか場の空気が気まずい……お互いのために、俺は一時離脱を決定した。

「……ちょっと飲み物取ってくるからな？」

こくり、と恥じらった表情のまま無言で頷《うなず》いた澪を尻目にリビングに向かうと、そこでは姉ちゃんがテレビを見ているところだった。この人は学校の授業だけですべてを理解し

好成績を残す化け物だ。夜はこうして悠々自適に過ごしている場合が多い。

「今日のみおすけとの勉強会はどんな感じなの？」

みおすけ、というのは姉ちゃんが澪を呼ぶ時のあだ名だ。昔は男っぽかった澪を姉ちゃんはずっとそんな風に呼んでいて、今もまだ継続中なのだ。

「勉強会は良くも悪くもいつも通りさ。てか、姉ちゃんが教えてやってくれないか？あいつ最近女っぽくなってきたから、部屋で二人きりはなんか疲れるんだよな……」

言うに及ばず、姉ちゃんなら澪に教える程度のことは造作もないだろう。

「わたしとみおすけが二人きりになったら、みおすけはあっという間に純血を散らすことになるんだけど、それでもいいの？」

「澪にまで情欲が向かうのかよ……」

「当たり前でしょ。結斗の言う通りに最近のみおすけはすっかり垢抜《あかぬ》けてしまったんだもの。だから自制心を働かせて、わたしはみおすけとの接触を避けているのに」

偉いんだかなんだかよう分からん自主規制だった。

「それはそうと、彩花に連絡は取った？」

コップに麦茶を注いでいると、不意にそんなことを尋ねられた。

「いや、まだだけど……」

「しないつもり？」

「……したい、とは思う」

けれどためらいが生じている。勇気が湧いてこない。

「いきなり背中を押されたって……、そう簡単に一歩目は踏み出せないんだよ」

「でも一歩目さえ踏み出しちゃえば、あとは意外と気楽だったりするものよ？　バンジージャンプみたいにね」

「バンジーじゃなくて飛び降り自殺になる可能性は？」

「あるかもね。でも彩花の今を知りたいなら、それくらいの覚悟で臨まなきゃ」

「……かもな」

麦茶入りのコップを持ちながら、俺は落ち着きを取り戻しつつ自室へと戻った。

部屋に戻ると、澪が机の上にあるメモ用紙——もちろん姉ちゃんから渡された例のメモ用紙だ——を手に取って眺めていた。

「ねえ結斗、何これ？」

なんで俺のいない間に部屋を勝手に見回っているんだこいつは……！

「か、返せって」

「あ、その慌て方なんか怪ちー。これって見た感じラインかなんかの連絡先だよね？　まさか誰かに告白されて、その時一緒に渡されたとか？　そっかー、結斗にも春がねえ」

「いや……違うんだが」

「違うの？　じゃあこれって誰の連絡先？　イアンソープ？」

「お前の憧れには繋《つな》がらねえよ……彩花さんだよ」

特に隠す必要もないかと考え、俺は素直に打ち明けていた。

「え、アヤ姉の？」

「姉ちゃんに無理やり渡されたんだ。今何してるのか気になるなら自分で連絡しろって」

「で、連絡したの？」

「まだだよ。迷ってる」

「うわ、ウジウジＤＴ力発揮中だ」

「うるせえな……お前的にはどうするべきだと思うよ」

「そりゃ、した方がいいんじゃないの？」澪はあっけらかんと応じた。「結斗はアヤ姉のことが好きなんでしょ？　じゃあするべきだよ。もしかしたら連絡したことがきっかけで今度会おうって話になるかもしれないじゃん」

「そう都合良く行くもんか？」

「でも連絡しなきゃ、チャンスすら生まれないよ？」

「まぁ、それはな……」臆病になり過ぎてもダメなのは分かっている。「でも今はお前と勉強する時間だし、とりあえずこれは後回しでいい」

澪の手からメモ用紙を取り返し、机の端に置き直す。

それから勉強を再開させ、一段落ついたところで今日の学習時間は終わりを迎えた。

「俺に教わるばかりじゃなくて、自分でも復習したりしとけよ」

「分かってるって！　ねえ、ところで結斗、今日は帰る前にアレしてもいい？」

筆記用具を片付け終えた澪が、上目遣いにそう尋ねてきた。

アレ、というのは俺にしてみると出来るだけ避けたい行動を指している。

「……いい加減卒業した方がいいぞ、あんなの」

「でもルーティーンみたいなもんだし。ね？　いいでしょ？」

「じゃあまぁ……手早く済ませろよ？」

あっさりと折れて、そう告げていた。

避けたい行動と言いつつ、心のどこかで無意識に俺はそれを望んでいるのかもしれない。

なんせ——

「じゃ、行くね？」

そう言って澪が俺の背後に回り、直後にぎゅっと抱き締められた。おぶさるように、後ろから手を回し、澪は俺の背中に甘えるように顔を押し付け、俺のことをハグしている。

これは……昔から続く儀式みたいなモノだった。始まりがいつだったのかはもう覚えていないが、幼き日の澪が、こうすると疲れが取れて落ち着くんだと言って、俺にぐでんと抱きつくように寄りかかってきたのが始まりだったと思う。

少なくとも幼稚園の頃にはやられ始めていて、それが小学生になっても、中学生になっても、高校生になっても続いているというそれだけの話である。毎日やられるわけではないが、特に疲れた日や、イヤなことがあった日に、澪はこうしてくるらしい。

幼い頃はこうされることなんて気にも留めなかったが、さすがにお互いが成長してくるにつれて、少なくとも俺はこうされるたびに平常心ではいられなくなっている。

今だって、その……背中に感じる澪の吐息や鼓動に動揺し、心臓がバクバクしている。接触部の熱に心が浮かされ、血の巡りが速くなる。澪の女の部分にほだされ、何か妙な気持ちが沸き立ちそうになる。童貞にはあらゆる意味でキツ過ぎる。生殺しかよ。

これは他の誰も知らない俺たちだけの秘め事だ。姉ちゃんが何かの用事でここに来て、これを見られでもしたらどんな茶化しを受けるか分かったもんじゃない。けれど、澪は俺からまだまだ離れようとはせず、俺もそれを受け入れてしまっている。心地が良いからだ。

「なんだかんだ言いつつこれを受け入れる結斗ってさ、変態だよね……いやらしい」

「ど、どう考えても変態はお前だろっ。お前主導なんだし！」

「う、うるさいっ。ばかばかっ。あたしにやらしい感情はないもんっ」

照れたように呟《つぶや》いて、澪が腹いせのようにいっそう強く俺にくっついてきた。ぎゅっとした抱擁によって胸部の膨らみまで押し付けられ、それに意識を向けるべきではないだろうに俺は……。

——あぁくそっ、彩花さんへの想《おも》いがありつつのこれはやっぱりダメだって！

「なあ澪っ、やっぱりこれ、俺はもうやめたいんだが！」

「な、なんで？」

「俺は彩花さんが好きなんだよ！　それなのに澪とくっつくのは——」

「べ、別にいいじゃん。これは恋愛じゃないでしょ？　幼なじみ同士でやってるじゃれ合いの延長でしかないってば」

「澪はそういう意識かもしれないが、俺はそうじゃないんだよ！　お前はいい加減自分が女らしく成長してて可愛《かわい》いってことを自覚しろよ！」

「へっ？」

「お前は可愛いんだよ！　可愛い奴《やつ》にくっつかれると男は大変なことになるんだ！」

「い、いきなり可愛い連呼はやめてよ！」澪は動揺したように言った。「は、恥ずかしくなってきちゃったじゃん！」

「じゃあ効果有りなわけだし、むしろやめるわけにはいかないな？　もっと照れさせて俺に引っ付けないようにしないといけないし」

「や、やめてってば！」

「やめてやるもんか。いいか？　澪は可愛いんだ！　めちゃくちゃ可愛いんだよ！」

「ば、ばかばかっ！　結斗のドＳ！　あたしもう帰るから！」

火を噴きかねない勢いで顔を真っ赤にしたのち、澪は俺の部屋をそそくさと立ち去っていった。俺はグッと拳を握り締める。

「よし……良い対処法を見つけられたかもしれない」

澪のルーティーン対策は現状これが一番なのは間違いなかった。

しかしこの対処法にはひとつ、重大な欠点にして問題点が存在している。

それはつまるところ、可愛いを連呼する俺自身もめちゃくちゃ恥ずかしいってことだ。

よって残念ながら、今を最後にこの対処法は封印するしかなさそうだった。

その後、シャワーを浴びて寝る準備を整えた俺は、ベッドに寝転がる前に彩花さんの連絡先が書かれたメモ用紙を眺めていた。

「……連絡、するべきだよな」

俺は止まったままの時間を進めたい。果たせなかった約束を果たしたい。今はこんなに元気で、彩花さんの言う通りに勉強も頑張れていて、今日ついに念願の一位になれたのだと、胸を張って報告したい。一位になれた今こそが、絶好の連絡チャンスに違いない。

無論、連絡が悪い方向に転がる可能性だってあるのだろうが——

『でも連絡しなきゃ、チャンスすら生まれないよ？』

先ほどの、澪の言葉が思い出される。

そうだ、ここで何もしなかったらチャンスすら生まれない。

俺は意を決して、自分のスマホを操作し始める。ラインを送ろうとする。

「…………」

しかし、迷う。八年ぶりに交わす言葉——その第一声はなんとするべきだろうか。

とりあえず常識的に、あまり突飛にならないようにして——と頭を悩ませ、三〇分ほどかけて俺は文面を考え抜いた。

『彩花さん、お久しぶりです。織笠京《おりがさみやこ》の弟の結斗です。姉ちゃんに連絡先を教えてもらったので、まずは挨拶をと思って連絡しました。もしご迷惑でなければお返事ください』

堅いかも、と思ったが、八年ぶりだしこれでいいよな、と考えて、俺は深呼吸をしたのちに送信ボタンをタップした。

タップしてから、指先が震え、全身に緊張がほとばしってきた。

……送ってしまった。

しかし後悔なんて今更しても意味がない。もはやなるようにしかならないのだから。

「ね、寝よう……精神がドッと疲弊したし……」

明日の朝、起きた時に何かしらの返事が届いていることを祈るしかなかった。

◇

「結斗くんには夢ってある？」

「夢？」

俺はベッドで上体を起こしながら、有名子役のように落ち着いた彩花さんに質問を聞き返していた。

「そう、夢だよ。何もない？」

小首を傾《かし》げるようにして尋ねてきたその挙動で、幼い彩花さんの綺麗《きれい》な黒髪がはらりと揺れた。その流麗さに目を奪われつつ、俺は迷うことなくこう答えていた。

「早く、元気になりたいかなと」

「そうだよね。結斗くんはまず元気いっぱいにならなくちゃ。そしたら私や京、澪ちゃんともたくさん遊べるようになるもんね」

「……俺は彩花さんと遊べればそれでいいですけど」

「ん？　なぁに？　よく聞こえなかったよ」

「な、なんでもないですっ」

俺は誤魔化すようにそう告げて、話題を逸《そ》らしにかかった。

「それで、ええと、そう言う彩花さんの夢はなんなんですか？」

「私の夢はね、女優さん、かな。なれるかどうかは分からないけどね」

「女優さんって、ドラマとかに出る？」

「ドラマに限らず、舞台とか、そういうのも含めてね」

「なんで、女優さんが夢なんですか？」

「なんでだと思う？」

そう尋ねてきたのちに、幼い彩花さんは茶目っ気たっぷりに笑ってみせた。

「って、聞かれても分からないよね。まあね、なんというか、私のおばあちゃんがね、若い時に小さな劇団の、中心的な演者さんだったの。私が生まれた時にはもう引退してたんだけどね、ビデオが残ってて、それを見せてもらったらね、もうすごいんだよ？」

そう語る彩花さんの目はキラキラしていた。

「おばあちゃんが何か動きを見せるたびにね、お客さんが笑って喜ぶの。悲しいシーンの時は泣いて辛《つら》そうにするんだよ？　一人の動きでこんなに色んな感情が引き出されるってすごいよね。だから私、おばあちゃんみたいに誰かの感情を揺さぶれる女優さんになりたいの。そうすれば、おばあちゃんも天国で喜んでくれるかもしれないし」

……そっか、おばあちゃんのためなんだ。

彩花さんはすごいな、もう夢があるだなんて。

「彩花さんならきっと、立派な女優さんになれると思います」

「そうかな？」

「だって、その……可愛いですし、しっかりしてますし」

「うん、ありがとう。そう言ってもらえると嬉《うれ》しいよ」

照れている俺に笑顔でそう告げ、彩花さんは壁の時計に目を移した。

「あ、もうこんな時間なんだね。そろそろ帰らないと」

「また……来てくれますか？」

「うん、迷惑じゃないなら幾らでも来ちゃうよ」

それじゃ、今日はこれでね、バイバイ、と彩花さんが居なくなる。

彩花さんが居なくなったあとの部屋は、いつも空虚さで埋め尽くされてしまう。

俺はそれが嫌いだった。

◇

「夢か……」

目覚ましが鳴る前に、珍しく目覚めていた。カーテンの隙間から差し込む朝日に目を細めつつ、俺は目元をこすって今見た夢を振り返る。

妄想ではなくて、確かにあった在りし日のひと幕だった。

彩花さんはそういえば、女優になりたいと言っていたっけ。

小学生の時から確固たる夢を持ち、それを実現させられるだけの容姿と素質だって持ち合わせていたように、当時の俺には思えていた。小学生とは思えない可憐《かれん》さがあったし、バレエやヴァイオリン、声楽といった美と感性を問われる習い事もやっているのが彩花さんという少女だった。今はそういった習い事のいずれかで、一線級に上り詰めていても不思議じゃないし、どこかで女優の卵をやっていても納得出来る。

そう考えつつ起床した俺は、机上のスマホを捉えたところで一気に目が覚めた。ぺかぺかと、スマホが受信の明かりを灯《とも》らせていたのだ。

身に覚えがある限り、俺が寝ている間に受信するモノがあるとすれば、それは寝る前に送った彩花さんへのメッセージに対する返事しかありえない。

まさか来たのか、彩花さんからの返事が。

「――――」

ごくりと唾を飲み込んで、たった今起きたとは思えないほどに目が冴《さ》え始める。

冷や水をぶっかけられるよりも、目の前の光景は強烈な目覚ましだった。

俺はスマホを手に取る。ロックを解除し、何を受信したのか確かめる。彩花さんの返事であって欲しい気持ちが強くある中で、受信したのはやはりラインのメッセージで、送信者の名前は――九条《くじょう》彩花だった。

緊張が最高潮を迎える。慌てて全文を確かめてみると、そこには――

『久しぶりだね、結斗くん。近々会いましょう』

との短い言葉が記されていた。

そんな返事を嬉しく思いつつ、けれど俺は思わず首を傾げていた。

「近々会いましょう、ってなんだ……？」

それ以上のメッセージは存在しておらず、その真意は不明だった。

近々会いましょう――近々会いましょう――。

繰り返し、脳裏でその言葉を反復させて、どういうことなのか考えてみる。

「近々こっちに来る予定があるとか……？」

無難に考えればそういうことだと思うし、もしそうなら嬉しいものの、しかしどうなんだろうか。勝手に決め付けて期待するのは良くない気がする。

だからひとまず、『お返事ありがとうございます。でも近々会いましょうってどういうことですか？』と質問のメッセージを送ってみた。そのうち返事が来てくれることを祈りつつ、俺はひとまず部屋を出て、リビングに向かった。

姉ちゃんがすでに朝食の準備に取りかかっているところだった。父さんと母さんの姿は見当たらない。家の静けさからして、昨夜《ゆうべ》は帰らなかったのだろう。急に海外に飛ぶこともある仕事だから、帰ってこない程度のことには慣れたモノだった。

「彩花には連絡したの？」

姉ちゃんが発した今日の始まりのひと言がそれだった。

俺は食卓の椅子に腰掛けながら頷《うなず》く。

「したよ」

「えっ、ホントに？　弟の進歩にわたしはむせび泣きそうだわ」

「むせび泣く前にひとつ教えて欲しいんだけど、彩花さんからの返信に『近々会いましょう』って書かれてたんだよ。これってどういう意味だと思う？」

「え、さあ？　こっちに遊びに来る予定があるとか？」

「やっぱりそう考えるよな……」

でも果たしてそうなのか？　それならそうときちんと書きそうなモノだが、近々会いましょう、とだけ書かれているし、意図的に何かをぼかしている感じがする。

悶々《もんもん》としつつ、俺はなんとなくテレビを点《つ》けてみた。朝の報道番組で社会情勢を確認するのが俺の日課だ。

『なんとっ、今朝は驚きのニュースが飛び込んで参りました。あの大人気若手女優・十《ジュウ》条《ジョウ》アヤが芸能活動を完全に休止する、との声明が今朝方、所属事務所より発表されました』

「うわ、なんだよオイ。なんかやらかしたのか」

映り始めの芸能ニュースを見た瞬間、俺は思わずテンションを落としていた。社会情勢とかもはやどうでもいい。なんてことだ。彼女に一体何が……。

彼女——十条アヤと言えば、三年くらい前に公開されたデビュー作の映画で、脇役にもかかわらずあまりの美貌で主役よりも目立っている、とSNS上で話題となり、それ以降は〝美少女界の至宝〟なんて呼ばれながら台頭した新進気鋭の若手女優だ。長い黒髪がめちゃくちゃ綺麗なクールビューティーで、シャンプーのCMなんかでもよく見かける。

俺もその流行《はや》りに乗っかって彼女のファン活動を密《ひそ》かに行なっていたので、芸能活動休止のニュースにはショックの色を隠せない。

『所属事務所によりますと、今回の休業は学業に専念するため、とのことでして、復帰は早くても高校を卒業するであろう再来年の春以降、となる見込みだそうですね』

『ま、不祥事での謹慎じゃなくて良かったですよね』

なんだ……学業に専念するための休業か。不倫相手だった、とか妊娠ではないんだな。

それならしょうがない。いつ休んでいるのか分からないほどドラマや映画、バラエティに引っ張りだこの状態だったし、ゆっくりと休んで勉強に励んで欲しいところだ。

「この十条アヤ、なんだけどさ」

「なんだよ」

姉ちゃんが出来立ての朝食を運んできてくれた。

「ちょっとだけ彩花の面影があるとは思わない？」

「いや……他人の空似だろ」

姉ちゃんはたまに現実味のないことを言うよな。

「八年も片想《かたおも》いを続けてる結斗の方が現実味のない存在だと思うんだけど」

「やかましいわ」

「ふぅん。じゃあメッセ送ったら、近々会いましょう、って連絡が来たの？」

「ああ、どういう意味だと思う？」

澪と一緒に、俺は学校に向かっていた。姉ちゃんは一緒じゃない。生徒会の仕事があるらしく、一足先に登校している。

「そのままの意味じゃないの？　近々こっちに来る予定があるとか」

「やっぱりそれしかないよな」

それ以外の可能性なんて思い浮かばない。詳細は不明だが。

「どういうことですか？　って送った質問への返信が来てくれれば、何か分かるかもしれないんだけどな」

「まだ来ないの？　でも焦《あせ》っちゃダメでしょ。朝は忙しいだろうし」

そこは重々承知しているので、今日一日くらいは余裕を持って待とうと考えている。

「あ、そうだ結斗。見て見てっ。水着をもう忘れなくても済むようにね、今日は最初から着込んできたんだよ！　あたし天才じゃない？　これなら絶対に忘れないっていうね！」

そう言って澪は夏服のスカートをちらりとめくり上げやがった。

垣間見《かいまみ》えた聖域は下着じゃなくて、言葉通りに競泳水着。

確かに最初から着込んでいれば忘れ物にはならないんだろうが……。

「はしたな過ぎるぞ……ひとまずスカートめくるのやめろ。女子が簡単に肌を見せるな」

「ふんっ、心配しなくても結斗にしか見せないし」

「なんで俺には見せるんだよ……つか、記者も注目する女子自由形のホープが何やってんだって話な。トイレどうすんだよそもそも。部活の時ならサッと下ろすだけで済むんだろうが、制服も着てる状態だと脱ぐのがクソほど面倒じゃないか？」

「あ……」と俺からの指摘でようやく最大の問題点に気付いたのか、澪はハッとした表情のまま俺を見つめてくる。

「どうしよ」

「はあ……ホントにバカだなお前は」

せっかく女らしい外見に育っても、中身は昔から何ひとつ変わっちゃいない。

ガサツでアホでバカ。

しかし賑《にぎ》やかで、明るくて、月並みな表現だが向日葵《ひまわり》のような存在だ。

彩花さんが引っ越したあとの空虚さを解消してくれたのは澪のそういう部分だった。

だから俺は澪のことが嫌いにはなれないし、身内として最高に好きだ。

無論、口に出しては言わないが。

「ま、もういいよ！　今日はこの状態で頑張って過ごすし！」

「明日からはしっかりしろよ？　将来の女子競泳界を背負って金メダル獲《と》るんだろ？」

「うんっ、そしてその金メダルをかじって歯を欠けさせるんだよ！」

「なんでそこにこだわるんだよ」

そんな会話をしつつ通学路を歩いている途中、俺は信号待ちでなんとなくカバンを開けた瞬間に自分の過《あやま》ちに気付いた。

「やらかした……」

「どったの？」

「……筆記用具忘れた」

「やーい、結斗の忘れん坊～」

「お前だけはその煽《あお》りを使っちゃダメだからな？」昨日の自分を棚に上げ過ぎだ。「まぁいいや……悪いが先に行っててくれ。俺は引き返す」

「ほいほーい」

澪のお気楽な返事を尻目に、俺は来た道を急いで戻っていく。

それからやがて、自宅が見えてきたところで──

「……なんだ?」

俺は目を訝《いぶか》しげに細めざるを得ない状況と遭遇した。

というのも、俺んちの前に黒い高級車が停《と》まっていたのだ。

親のマイカーではないので不審に思いつつ、俺は自宅に近付いていく。

すると、店員が近付いてきたから慌てて万引きをやめた、みたいな雰囲気を伴って高級車が動き始めたのが分かった……俺が近付いた途端に移動を始めるとはますます怪しい。

すれ違いざま、俺は高級車の中をちらりと確認してみる。

一体どんな奴《やつ》が乗っているのかと後部座席に目を向けて──その瞬間。

「……え」

スモークの向こうに見えたかすかな光景に度肝を抜かれ、俺の世界がスローモーションになった。

そこに乗っていたのは──今朝の報道で話題になっていたあの十条アヤだった。

新進気鋭の若手女優。

飛ぶ鳥を落とす勢いで躍動していたクールビューティー。
見間違いかと思ったが、彼女を見間違えるはずがない。
今朝の報道で顔写真や映像を幾つも拝んでいるし、そもそも俺は彼女のファンだ。
長くて綺麗《きれい》な黒髪。左目下の泣きぼくろ。
整い過ぎた面差しが、すれ違いざまに俺を捉え、小さく微笑《ほほえ》んだような気がした。
直後に時の流れが元に戻って、高級車があっという間に遠ざかっていった。
「ど、どういうことだ……？」
たった一瞬の出来事だったが、今の一瞬の情報量に俺は呑《の》み込まれそうになっていた。
「なんで、十条アヤがうちの近所に……？」
もはや見えなくなった高級車の進行方向に目を向けて、俺はぼやくように呟《つぶや》いた。
こんなところに十条アヤ。
見間違いをもう一度疑ったが、改めて思い返してもそれはない。
俺が見たのは確実に十条アヤその人だった。
学業に専念を謳《うた》い、芸能活動を休止させたその人が、この街に居る理由があるとすれば
それはもしかして──
「学業の専念先が海栄なのか……？」

ありえない話ではないはずだ。都心から程良く離れた神奈川の一角に存在する海栄ならば、進学校なこともあって、静かに落ち着いて学業に専念することが出来ると思う。

「でもどうして十条アヤが俺んちの前に……？」

一体なんだというんだ……悶々としながら自宅に入り、自室で筆記用具を回収。

ふと目に付いた自室の壁には、ファンとして集めていた十条アヤのインタビュー記事のスクラップが貼り付けてある。ドラマの録画データを収めたハードディスクも棚にある。

「マジでなぜ、推しが俺んちの前に……？」

そんな風に首を傾《かし》げつつ、俺はひとまず学校に向かった。


教室にたどり着くと、方々からおはようの挨拶が投げかけられた。俺は別に人気者ではないが、入学式の時に新入生総代として答辞を述べた結果、頭が良いことは早々にみんなにバレていた（新入生総代は入試でトップだった者が務めるのが海栄の習わし）。

なので、昨日の結果発表で名実共に学年主席となる以前から、この特進クラス並びに別クラスの連中にも勉強面で頼られることが多くて、自慢じゃないが俺の顔は広めだ。

ちなみに、入試でトップだったなら昨日の結果が出るまでもなく勉強で一位取った経験あったんじゃんというツッコミは受け付けない。入試なんて所詮はスタートラインに立つための前哨戦《ぜんしょうせん》。評価の大部分が入学後のテスト結果で形成される以上、俺は各考査における一位の方が価値ありと判断し、入試での一位は一位としての勘定に入れなかった。

「ユイユイおっはー」「今日も地味に良い顔してんねえ！」「おまけに頭も良くて姉はあの美人生徒会長っていうね」「前世でどんだけ徳積んだの？　〇郎のもやし並み？」

「さあな。知らん」

「今日も素っ気ないわー」「でもユイユイはそれが良いんじゃん」「ね、クールが一番っ」

きゃいきゃいと話し続ける女子連中から離れつつ、俺は自分の椅子に腰掛ける。

「おうおう結斗。朝から女子にキャッキャされて羨ましい限りだな。おこぼれ寄越せよ」

髪を無造作にキメたお調子者が俺の傍《そば》にやってきた。級友の正人《まさと》だ。

「おこぼれも何も俺のモノじゃないし勝手にしろよ。俺には心に決めた人が居るからな」

「誰だよそれ。まあいいけどな。それよかお前、もう知ってんだろ？」

「何を？」

「十条アヤのことに決まってんだろ！　活動休止ってなんだよ……大悲報だわ」

ブルータスに裏切られたカエサルみたいな表情で、正人はショックを受けていた。

正人のみならず、教室の至る所で十条アヤの活動休止が悲しまれている。毎日何かしらの番組に出ているくらいに人気を博していたから、ユーチューブ視聴メインの若年層にすら名を知られているのが十条アヤという存在だ。

　彼女は自身のSNSは持たない主義だが、事務所の公式インスタでライブをしていた時は、ご機嫌よう、の挨拶から始まる礼儀正しくも優雅な振る舞いが話題となり、数万人の同時接続数を記録していた。それだけにSNS上でも活動休止が惜しまれているらしい。

「結斗だって結構推してたろ？　出てるドラマは全部録画するくらいじゃなかったか？」

「まあな。でも学業に専念だししょうがないさ。それに悲報ばかりでもない」

「なんのことだよ」

「ここだけの話だが、もしかしたら十条アヤの転入先はここかもしれないぞ？」

「は？　マジかよ」

「さっき、俺んちの前で車に乗った十条アヤを見たんだ」

「……なんで結斗んちの前に居たんだよ？」

「それはこっちが聞きたいくらいだ……まぁとにかく、海栄に来る可能性はあるぞ。スモーク越しの不鮮明な目撃だったから、見間違いの可能性も捨てきれないけどな」

「ま、だとしても期待しとくぜ。楽しみだなあ。まずは握手でもお願いすっか！」

　転入が決定事項であるかのように浮かれた正人が自分の机に戻っていった。

　その様子を尻目に、俺は彩花さんからの返信がまだ来ないことを憂う。

近々会いましょう、の意味を問うた俺のメッセージ。

今確認したらそれが既読になっている――彩花さんの目にきちんと触れたらしい。

にもかかわらず、待てど暮らせどそれに対する返信が届く気配はなかった。

◇

俺が今朝見た十条アヤは見間違いだったのかもしれない。

そんな結論に至ったのは、本日の海栄で十条アヤの転入イベントが発生しなかったからだ。この嘘《うそ》つき！　と正人は怒っていたが知ったこっちゃない。俺だって悲しいのだ。

今日はまだ転入日ではなかったのかもしれないが、しかしそう考えるよりは、今朝のアレは十条アヤではない別人だった、と考える方がよほど現実味がある。

現実はいつだって刺激のない方向に進むものだ。幾ら願ったところで教室にテロリストは踏み込んでこないし、トラックに轢《ひ》かれても異世界転生なんてせずに死ぬだけだ。

「なんかさ、今日の結斗、上の空じゃない？」

気付けば放課後を迎え、俺は澪と一緒に夕暮れの廊下を歩いていた。

「なんかずっと悶々《もんもん》としてる感じっていうか……もしかしてまだ、アヤ姉からの返事が来てなかったりするの？」

「ああ……しかも既読スルーだ」

　悲し過ぎて死にたくなってきた。

「きっと何か事情があるんじゃない？　アヤ姉、既読スルーはしないと思うし」

「……だといいんだけどな」

「ま、元気出しなよ。あたしは結斗の味方だし！」

　澪に背中をバシバシと叩《たた》かれる。無駄に力強くて痛かったが、こいつのこういった明るさには救われる。少しだけだが、気が楽になった。

「あ、そうだ。今日はあたしの泳ぎ見てかない？　あたしの水着姿見れば元気出るって」

「見せたがりの痴女かよお前」

「ち、痴女って何さ！　粋な計らいをそういう扱いにしないで欲しいんだけど！」

「へいへい、悪かったよ。じゃあそうだな……お言葉に甘えとくか」

　そうこなくっちゃ！　と弾《はじ》けた笑顔の澪に連れられ、俺は水泳部の室内プールに向かうことにした。気晴らしにちょうどいいと思ったからだ。

　海栄にはプールがふたつある。地区大会の会場としても使える立派な五〇メートル室内プールと、屋外に作られた露天の五〇メートルプールだ。

室内プールは女子部員が使用し、屋外プールは男子部員が使用しているらしいので、俺が訪れた室内プールは女子部員しか居ないという天国のような空間だった。

「ん、澪の彼氏？」「京の弟じゃん。一年の学年一位だよね確か」「え、姉弟揃《そろ》ってすご」

主に先輩部員たちに囲まれる。見学とかキモ、などと言われなくて良かった。

俺は二階のギャラリー席に移動し、練習風景を見させてもらうことになった。

どこを見ても競泳水着の女子しか居ないというその事実に最初はどぎまぎしたが、練習が始まってからは彼女らの泳ぎの所作ひとつひとつに引き込まれていった。コンマ一秒でも速く泳ぐために無駄が徹底的に排除されている動きの一挙手一投足が、とてもスマートで見ていて心地が良い。

特に澪。将来のオリンピック候補生とまで言われている自由形のホープは、他の部員たちとは一線を画す実力なのが素人目《しろうとめ》にも分かった。洗練された泳ぎは美しく、それを見ていると活力がもらえるようだった。

泳ぎ終え、プールサイドに上がった澪が、臀部《でんぶ》の食い込みを直しつつキャップとゴーグルを外して俺を見た。そしてなんの脈絡もなしに、イエイと言わんばかりのピースサインを送ってくる。はあ、ホント無駄に感情豊かだなお前。

その姿に少し頬を緩めつつ、練習を見続けていると、最終下校時刻のチャイムが鳴り響いたことに気付く。外はすでに暗く、夜の時間が訪れていた。数時間、ぼーっとしていたことになるが、良い息抜きにはなったように思う。

「ねえ結斗っ、一緒に帰るよね？」

「ああ、外で待ってる」

水泳部の練習も終わったので、俺は外に出て澪を待つことにした。

「返事は……まだ来てないか」

昇降口で靴を履き替えつつ、俺はせっかくリフレッシュした気分をまた若干暗くさせていた。手中のスマホを数時間ぶりに眺めても、相変わらず彩花さんからの返事は来ていない。近々会いましょう、の真意はこのまま分からずじまいってことか？

そう考えながら外に出た矢先、俺は思わぬ光景に驚き、スマホを落としそうになった。

「嘘だろ、アレって……」

学校のロータリーに一台の車が停《と》まっていたのだ。取るに足らない光景だが、俺にとってはそうではない。なんせそこに停まっていたのは、今朝、十条アヤが乗っているように見えたあの高級車だったからだ。間違いなくそうだ。お世辞にも大都会とは言えないこの街で、あの手の高級車が何台も走っているわけがない。

「………」

暫時、俺はほうけたようにその車を眺めていた。

「まさか……やっぱりそういうことなのか……？」

十条アヤはやはり海栄に転入しようとしているのかもしれない。騒ぎを避けるために人目が減ったこの時間帯に来校してもろもろの手続きを進めている可能性はあるはずだ。

じゃあ居るのか？　今、校内に十条アヤが？

ごくりっ……、と音が立つほどの唾を飲み込んでしまう。

居るなら見たい。ファンとして、ひと目会いたい感情がある。

それに、確認したいこともあった。

——今朝、どうして俺んちの前に車を停まらせていたのか？

十条アヤが見間違いではなかった、となれば、やはりその理由は気になる。

そう考えつつ、まずは十条アヤに遭遇したくて、俺は昇降口に逆戻りしようとする。

「————」

そして。

「ぁ……」

風が吹いた。光が差した。世界の広がりを感じた。

もちろんそんな表現はすべて比喩であって、実際には風なんか吹いちゃいないし、光なんか差しちゃいないし、世界なんか広がっちゃいない。

けれど。

そう感じざるを得ない衝撃があった。

息が詰まって、俺の時間が止まったようだった。

来賓用の昇降口から――十条アヤが歩み出てきたのを捉えてしまったからだ。

「……っ⁉」

俺はたじろいだ。この場に若干名居る他の生徒たちも驚いていた。いきなりのことに目の前が真っ白になる。嘘だろ。マジで居たのか。オーラがヤバい。どうすればいい。サインでももらうか？　握手でもお願いするか？

と若干ズレた思考が俺の脳裏を駆け巡っていく中で、十条アヤは凛《りん》としていた。長い黒髪を風になびかせ、澄ました表情を浮かべ、かいだこともない良い匂いを引き連れて、俺の脇を通り過ぎようとしていく。

その瞬間だった。

「――ね、会えたでしょ？」

「……え？」

耳元で囁《ささや》かれ、俺は驚いた。訳が分からず、え、という反応以上の何かを示せない一方で、十条アヤも他には何も言わず、立ち去っていく。高級車の後部座席に乗り込んで、静かなエンジン音と一緒にあっという間に居なくなってしまった。

俺は放心するように立ち尽くし、やがてハッとしたのちに震えた。

「あ、会えたでしょって……まさか……」

俺は手中のスマホを慌てて操作し、彩花さんからのメッセージを開いた。

『久しぶりだね、結斗くん。近々会いましょう』

今朝方、姉ちゃんが言っていたひとつの可能性。

俺は他人の空似だと否定したが――それは違ったのだ。

確かに十条アヤと九条彩花で名前が似ているし、歳《とし》も同じで、その姿には面影もある。

だからこそ彼女が世の中でバズり始めた頃に、その姿を見て「あれ？」と思った部分は間違いなくあった。でも幾らなんでもそんな偶然はないだろうと考えて、他人の空似だと決め付けていた――でも違った。今、真実を知った。

彼女は幼い頃の夢を叶《かな》え、女優に――俺の推しになっていたんだ。そしてあろうことか地元に帰ってきてくれるとか……こんなのはもう、

「――奇跡じゃねえかよ！」

「ど、どったの結斗？　奇跡ってなんのこと？」

その時、澪が困惑した表情で昇降口から出てきたのが分かった。

「……なんか良いことでもあったの？」

「ああっ、あったよ！　あったさ！　大事件だ！」

俺は動揺を隠しもせずに、澪の両肩を摑《つか》んでその目を覗《のぞ》き込んでいた。

「な、何？　そんなに顔近付けて……まだチューとかは早いと思うけど……」

「なんの話だよ！　それより大変なんだ！　落ち着いて聞いてくれ！」

「お、落ち着くべきは結斗の方じゃないの？」

「これが落ち着いていられるかよ！　いいか？　ヤバいぞ。今度うちに転入してくる十条アヤが、彩花さんだったんだ」

「……はい？」

「今度うちに転入してくる十条アヤが、彩花さんだったんだよ！」

自分に言い聞かせる意味合いもあって、俺は二度、その事実を口に出していた。

澪はキョトンとし始める。

「えっと……何言ってるの結斗？　頭大丈夫？」

「うるせえ水泳バカ！　お前こそ自分の頭でも心配してろ！」

「ひ、ひどっ！　なんで今の結斗そんなに情緒不安定なの⁉」

「安定なんざ出来ないからだよ！　いえーい！　ピースピース！　お前だって近日中に俺の興奮を理解することになるだろうさ！」

澪にそう言い返し、俺は澪から離れて下手くそなスキップと共に下校を開始した。

「ヤバいぞ！　マジで奇跡だってこれは！　人生の転機だ！」

「ヤバいのは今の結斗だよ！　キメてる人みたいになってるんだけど！」

澪が何事か抜かしているが、もはや俺の耳には届いていない。

——彩花さんが帰ってきた。

今の俺はその事実にどうしようもなく浮かれ、けれどひとつの重大な事実に気付いた瞬間に、そんな気分が唐突にナリをひそめてテンションが底まで落ちていく。

スキップをやめて立ち止まり、瞬《また》き始めた夜空めがけて手を伸ばす。

星は摑めない、握れない。

「……届かなくなってるじゃないかよ」

十条アヤが、彩花さんだった——彩花さんが、十条アヤだった。

かつて身近だったお姉ちゃんが、遥《はる》かに高く、遥かに遠くで輝く綺羅星《きらぼし》と化していた。

地表で藻掻《もが》くしかない俺なんかが、手を届かせようとしてはいけない一等星。

文字通りの、天地の差。

格が明確に違うそんな中で俺は……この好意をどうすればいい？

◇

十条アヤ、もとい彩花さんが正式に海栄に転入してきたのは、その翌日のことだった。

校内はもちろん大騒ぎになった。

澪も俺の昨日の様子をようやく理解し、他の生徒と同じようにはしゃいでいた。

姉ちゃんにしてもこれはサプライズだったようで、親友の急な凱旋《がいせん》に大いに喜んでいる様子がラインのメッセージから伝わってきた。

先に情報を知っていた俺だけが、今日の騒ぎに乗り切れていなかった。

あの十条アヤをひと目見ようと、休み時間のたびに二年生教室のフロアが生徒たちでごった返す有り様だったそうで、進学校に通う生徒と言っても、まだまだみんなガキなんだな、と俺は冷めた目で今日一日を過ごしていた。

「いやあ、でもまさか結斗の言ってたことが事実だったとはねっ。驚いちゃったよ！」

その日の放課後。俺が帰り支度をしていると、澪がひょっこりと俺の教室にやってきたのが分かった。澪はこのクラスの女子たちと「旦那に会いに来たの？」「まだ旦那じゃないってば」などと会話を交わしたのちに、俺のもとに近付いてきた。まだってなんだよ。

「で、結斗はもうアヤ姉とは会ったの？」

「いや……今日はまだ会ってない」

「そうなの？　あたしはねえ、昼休みに会ってきたんだっ」

自慢するように澪が豊満な胸を張ってみせた。相変わらずの行動力だな。

「なんかもうさ、感無量だよね！　また会えるなんて嬉《うれ》しいっていうか、そもそも十条アヤとして活動してたとかびっくり仰天だよね！」

「まあな」

「でも言われてみれば十条アヤってさ、幼少期のアヤ姉が成長したらこうなるだろうって感じの容姿だったし、今まで気付けなかったあたしたちの目が節穴なのかもね！」

「かもな」

「それにしても、今のアヤ姉は間近で見るとヤバいね！　ちっちゃい頃にも増して美人化してたし！　でもでもっ、おっぱいはあたしの勝ちでした！」

「そうか」

「むぅ……なんか結斗、せっかくアヤ姉が帰ってきたのにテンション低くない？」

澪が心配するように俺の顔を覗き込んでくる。

「嬉しくないの？」

「嬉しいさ。でも……」と俺はカバンを閉じた。「素直に喜べない部分もある」

「どんな？」

「歩きながらでいいか？　教室ではちょっと」

「あぁうん、別にいいよ」

頷《うなず》いた澪と一緒に俺は教室を出た。廊下を歩きながら外を眺めてみると、女子に取り囲まれて色んな部活に勧誘されている彩花さんの姿が校庭に見えた。それを男子らが遠巻きに眺めている、という構図が外に出来上がっている。

男子からすると高嶺《たかね》の花過ぎて近寄りがたいから、今の彩花さんが同性にモテるタイプと化すのは自明の理と言えた。雑誌モデルとしての活動歴もあったはずだから、女子の方が話題を共有化しやすく接しやすいというのもあるだろう。

「で、アヤ姉の帰還で素直に喜べない部分って何さ？」

「今ちょうど外に見えるあの光景がそうかもな」

「……と言うと？」

「遠い存在になった、ってことだよ」

足を止め、彩花さんの姿を眺めながら、俺はぽつりと吐き捨てた。

「こうして帰ってきてくれたのはめちゃくちゃ嬉しいさ。もう一度彩花さんを近くで見れるようになるなんて、これは奇跡としか言いようがない」

けれど——今の彩花さんは俺が知る彩花さんではない。

帰ってきた彩花さんは、十条アヤでもあった。

幼い頃の夢を叶えて、大舞台まで飛躍し、天上の存在となっていた。

「だからこそ、まぶしくて、遠いんだよ。せっかく近くに帰ってきてくれたのに、俺なんかが触れることも出来ない高みに行ってしまった感がすごい」

療養していた俺を優しく見守ってくれていた、あの身近なお姉ちゃんはもうどこにも居なかった。

今の彩花さんは身近な存在ではない——画面越しに見ていた有名人だ。

お茶の間やSNSにファンが大勢居て、応援されている。

今だって、ああして取り囲まれているわけで。

人に対しての表現ではないかもしれないが、言うなれば——公共物。

俺にだけ優しさを注いでくれていた彩花さんの姿はきっともう、期待出来ない。

そう考えると寂しくて、やるせなかった。

「なんか結斗の拗《こじ》らせ感がすごいんだけど」

「八年も片想《かたおも》いしてるんだぞ、そりゃ拗らせてるに決まってる」

自覚はある。もう会えないかもしれない人との、果たせなかった約束を果たすために、ひたすら勉強を頑張ってきた俺が、拗らせていないわけがないじゃないか。

「彩花さんとたった一通、ラインのやり取りが出来ただけで浮かれるくらいの拗らせ野郎さ。でもこうして現実を知ればそんな程度のことで浮かれていた自分が恥ずかしくなる。彩花さんは近くて遠い存在だった。かつての身近なお姉ちゃんは、今となっては高嶺のそのまた高嶺に咲く一輪の花だ。そんな存在に好意を持つのなんておこがましい。普通に話しかけに行っていいのかすら分からない」

きっと。

物怖《ものお》じせずに話しかけに行けば、彩花さんは普通に受け入れてくれるとは思う。

だから問題は俺の方にある。

俺自身が彩花さんに対して、どういうスタンスで行けばいいのかを見失っている。

好きな気持ちを抱いたままでいいのか。

あるいはそんなモノはさっぱりと捨てて、気持ちを新たに接するべきなのか。

「好意を捨てる必要なんかないと思うけど？」

澪が少し強い口調で言ってくる。

「というか、マイナス思考が過ぎるんじゃない？　ポジティブに行こうよ」

「好きな人が高嶺過ぎる花になってたのに、どうポジティブになれって？　あれじゃどう足掻《あが》いても手が届かない。俺には過ぎたる存在じゃないかよ」

「そう簡単には手に入らないモノを手に入れるのが、楽しかったりするんじゃん」

「それはお前が勝負の世界に居るからそう思うのかもな。簡単に手が届いたりゲット出来たりする方がいいに決まってる」

「結斗ってさ」少しムカッと来たかのように、澪が俺を睨《にら》んでくる。「いつからそんなに臆病な感じになったの？」

「俺はずっとこんなもんだろ。片想い八年の陰キャだよ。臆病じゃなかった時なんてない」

「――あるよ！」

きっぱりとした否定は、唐突な大声だった。

廊下中の視線が一斉に俺たちに集中してくる。

「お、おい……なんだよ急に大声出して」

「あるって言ったの！　臆病じゃなかった時、あるよ！」

そう言って澪は俺の手を摑んでズンズンとどこかに移動し始めていく。

「結斗は臆病じゃないよ！　もっとガンガン行ける男の子だってあたしは知ってる！」

もはや怒ったように言いながら、澪が俺の手を引っ張り続けていく。

気付けば校舎から出て、学校の敷地《しきち》からも出て、普通に歩道を歩き始めたその勢いに俺は困惑せざるを得なかった。

「お、おいってば！　どこに行こうとしてるんだよこれ！」

「いいから来て！」

「お前部活は！」

「今日は休む！」

「大体なんで怒ってるんだよ！」

「結斗がウジウジしてるから！」

西日に照らされながら、俺はなされるがまま澪にどこかへと連行されていく。

やがて近所の河川敷《かせんじき》を訪れたところで、澪がその足を止めた。土手下のグラウンドで、どこぞの野球部が声を張り上げながら練習しているのを尻目に、澪はこう呟《つぶや》く。

「結斗は臆病じゃなかったじゃん。昔ここであったこと、忘れてるわけないよね？」

「そりゃ……」

忘れるわけがない。

ここで昔あったこと――あの日も確か、このくらいの時間帯だっただろうか。

幼き日の俺と澪は、この河川敷で遊んでいた。虫か何かを捕まえるために深い草むらに踏み込んで、二手に分かれて行動していた。

そんな時、ドボン、と重いモノが水に落ちたような音が聞こえて、まさかと思って音の方に近付いていったら、澪が川に落ちて溺れていたのだ。岸辺なのに深くて、澪は必死になって藻掻《もが》いていた。

助けなきゃと思った。だから俺は一も二もなく飛び込んだ。結果として澪は助かったものの、代わりに俺が溺れるハメになってしまった。俺はそのまま意識を失い、たまたま通りかかった人の手で川からすくい上げられたあと、救急搬送されたそうだ。

その後、一命は取り留めた俺だったが、肺に軽度の後遺症が残り、ちょっとした日常的な動きでもすぐに息が切れるようになった。学校にも満足に通えなくなって、幼き日の俺は自宅療養を余儀なくされてしまった。

でもそれは名誉の負傷だと思っているし、今ではもう健康体だから、未《いま》だかつて澪を恨んだことは一度もない。けれど澪はそれを気にしている素振りをたまに見せてくる。それくらい、澪にとっては忘れられない、忘れるべきではない、脳裏に刻み込まれた禊《みそ》ぐべき記憶なのかもしれない。

だから、澪がここに俺を連れてきて言いたいことは、なんとなく察しが付いた。

「……命懸けで、結斗はあたしを救ってくれたよね？」

「ああ……」

「そんなさ、そんな命を懸けられるような男の子がさ……、臆病なわけないじゃん」

澪は泣きそうな表情で言った。

「結斗は強いんだよ。誰よりも勇猛で、あたしにとってはヒーローなの」

「澪……」

「だからそんなヒーローが、ウジウジ悩んだりしないでよ！　勝手なこと言ってるかもしれないけど、結斗だったらもっとアヤ姉にガンガン行けるはずだって！」

「人助けと恋愛じゃ、熱量が違う……人命救助ほどの勢いが恋愛じゃ出せない」

「そうかもしれないけど、でも……っ」

澪は語気を荒げ、俺に摑《つか》みかかりはしないまでも、顔を詰め寄らせて尋ねてくる。

「じゃあ結斗は、アヤ姉を諦めるわけ？」

「……諦めたくはないさ」

どれだけ高く遠くに行ってしまっても、それでもやっぱり好きなんだから。

「だったらきちんと動かなきゃ！　アヤ姉に話しかけて、関係を再構築してかないと」

「それが簡単に出来れば苦労しないんだよ」

こいつは自分のコミュ力を基準にして話すからタチが悪い。八年ぶりで立場も変わった彩花さんにあっさりと話しに行けるお化けコミュ力なんぞ俺にはない。

「じゃあさ、あたしが手伝うのはどう？」

「……手伝う？」

「そう。今度はあたしが助ける番ってこと」

澪は俺の目を真《ま》っ直《す》ぐに射貫《いぬ》いてくる。

「もう結斗に命懸けの救助なんかさせなくても済むように、あたしは水泳を始めたわけだけど、そんなのは別に結斗への恩返しにはなってないしね。だからこの機会にきちんと恩返しをさせて欲しいかな。結斗とアヤ姉の仲を、あたしが取り持つことでね」

「それは……」

「迷惑？」

そう聞かれ、俺は少し考えたのちに首を横に振っていた。

「……いや、むしろ助かると思う」

澪が仲介してくれるなら、彩花さんへの道は切り拓《ひら》けそうな気がする。付き合えるかどうかなんて部分はまず置いといて、普通の会話まではこぎ着けられそうだ。

「でも、ホントに手伝ってくれるのか？　お前にはなんのメリットもないのに」

「だからまあ、そこは恩返しなわけだし、メリットとかどうでもいいっていうか。そもそも恩返しを抜きにしたって、あたしと結斗の仲だしね、困ってる時はお互い様でしょ？」

そう言って快活に笑った澪を見て、俺は生まれて初めて澪を崇《あが》めたい気分になった。

「なんか……まかり間違って俺はお前に惚《ほ》れそうなんだが」

「えへへ、別に惚れちゃってもいいけどねっ」

調子に乗った感じでそう言いつつ、澪は「それじゃ」と気を改めるように息を吐いた。

「一緒にアヤ姉を攻略するとしますかっ！」

第2話　女優の裏側

「ふふ！　へへへ！　嗚呼《ああ》っ——わたしは今日で死んでも構わない気分なんだけどっ！」

我が家の今宵《こよい》の食卓はやけに豪勢だった。今日の彩花《あやか》さんの凱旋《がいせん》がよほど嬉《うれ》しかったらしい姉ちゃんが、奮発してご馳走《ちそう》を作りまくったからだ。七面鳥まであるぞ……。

「しかしやってくれたわ彩花ったら！　今日のサプライズを仕掛けるために写真なんかを徹底して送らないようにしてたらしいの！　んもうっ、昔からだけど、澄ました美人に見えて実は茶目っ気があるというこの点がたまらなく最高なの！　心停止不可避ね！」

推しに会えて限界化したオタクみたいなことを言い続けている姉ちゃんは、俺に視線を向けながらこう続けた。

「さて結斗《ゆいと》、早く彩花と結婚なさい」

「どういう思考を経ての発言なんだよ！」

「結斗と彩花がくっつけば、彩花はわたしの妹になるでしょ？　だからよ」

「とんでもない思惑を披露するのはやめてくれ！」

彩花さんが好き過ぎて親族化させようとしているのは怖過ぎる。

「でも結斗だって彩花と結婚したいんじゃないの？」

「そんなのはまだ口に出すべき目標じゃねえよ」

日常会話さえまだこなしてないのに現実味がなさ過ぎる。

そんな折、我が家の玄関がインターホンも鳴らされないままに開けられた気配がして、直後にドタバタと足音がリビングまで迫ってきた。

「――結斗センセーっ！　勉強おせーてーっ！」

間抜けなアホ声と共に現れた侵入者の正体は、案の定、澪《みお》だった。

河川敷でのやり取りのあと、澪は結局部活にきちんと参加しに学校へと戻っていった。

そして部活が終わった今、こうして勉強をしにやってきたらしい。

「結斗は見ての通りにご飯の最中だから、ひとまずみおすけも一緒にご飯でもどう？」

「いいの？　じゃあ食べる！　チョー食べる！　泳いだあとはカロリー補給大事！」

澪は俺の隣に腰掛けて、姉ちゃんが準備したご飯をかき込み始めた。水泳の消費カロリーは凄《すさ》まじいようで、体作りも兼ねて、澪は見かけ以上にたくさん食べる奴《やつ》だ。

「あ、そうだ聞いてよミヤ姉！　あたしね、結斗のキューピットになったんだよ！」

「おい、姉ちゃんにそれを言う必要はないんじゃないか？」

話がややこしくなりかねない。

「何よ結斗。恋バナといえばわたしなのに。中学時代から通算一〇〇組のカップル仲介を務め、その失敗率はなんと驚異の九九パーセントなんだから」

「ダメじゃねえか」

誇るなら成功率を九九パーにしてくれ。

「ところでみおすけ、結斗のキューピットになったってどういうことなの？」

「あのねっ、あたしがアヤ姉と結斗の仲を取り持ってあげることにしたんだよね♪」

「あぁ、そういうことね。ま、結斗みたいな奥手のシャイボーイが彩花をオトすには、みおすけくらいに活発なキューピットの掩護《えんご》射撃がないとキツそうだものね」

好き放題言われているが、返す言葉もないのが悲しい。

「ねえミヤ姉、よければミヤ姉も協力してくんない？」

「やめろ澪。姉ちゃんの協力なんて要らないんだよ」

「なんで？」

「キューピットが二人だと、都合良く進み過ぎる部分が出てきそうでなんだかな」

俺に都合良く進み過ぎれば、彩花さんがキューピットの存在に勘付くかもしれない。二人も味方につけて必死だな、と思われたくはないのだ。

「何より俺自身が、二人分の補助を求めてないんだよ」

そこまで至れり尽くせりにされても、正直困るというか、俺自身が頑張れる余地を残して欲しいのだ。おんぶに抱っこばかりじゃダメだと思うし。補助輪をたくさん付けて走れたところで、それは誇れないわけで。

「だから、姉ちゃんまで補助輪になろうとはしないでくれ」

「なら、わたしはアレね。補助輪で頑張る我が子を見守る、保護者的な立場よ」

転びそうになったらたまに支えてくれる、ってことか？

まぁその程度なら、別に構わないのかもしれなかった。


「ねえ結斗ー、ここ分かんないよぉー」

「なんで因数分解も分からないんだよ。これ中三レベルの問題だぞ？」

夕食後、俺は自室で澪に数学を教えていた。

しかし色々とお話にならないレベルであり、正直呆《あき》れている。

「中三レベルって言われても、あたし中三の授業中はずっと寝てたし！」

「この水泳バカめ……じゃあお前の数学カリキュラムは中三レベルで練り直しておくよ」

そう告げて、今日のところは学習内容を英語に変更した。しかし英語は英語でこれまた壊滅的なので、教えているこちらが疲れるレベルのおバカ解答が連発され、予定の時間が終わる頃には俺のライフがゼロになっていた。古代中国の拷問より酷《ひど》い苦行だろこれ。

「はあ……」

「結斗お疲れなの？」

「……誰かさんのせいでな」

「そんじゃ、ちょっとだけ癒やしをあげちゃおうかな……」

澪はどこか緊張した面持ちで呟《つぶや》くと、俺の近くで正座を行ない、短いスカートから覗《のぞ》く健康的な太ももをぺちぺちと叩《たた》いてみせた。

「ほ、ほい……ここに頭乗っけてごろんってしていいよ？」

「は？」

「膝枕……したげる」

「真っ赤な顔で何言ってんだ？」

「そ、そこ指摘しないの！　ばかっ」

恥ずかしそうにそっぽを向きつつ、しかし正座の姿勢は崩さない澪。

「は、早くごろんってしなよっ。ほどよい弾力で気持ちいいと思うしっ」

「無理すんな」

「無理じゃないもん！」

「だとしても、俺は寝ないからな」澪の太ももから目を離しながらそう告げる。「この部屋の十条《ジュウジョウ》アヤコレクションを見りゃ分かるだろ、俺は彩花さんが好きなんだよ」

「……アヤ姉はこんなこと、させてくんないかもよ？」

少しムッとした雰囲気で、澪がぺちぺちとまた音を立てていた。

「他意はないんだしさ、素直に甘えればいいじゃん。癒やしの提供をやってるだけだよあたしは。男の子は膝枕が好きなんでしょ？」

「どこ情報だよそれは」

「雑誌」

女子が読む雑誌って性方面で変なことばっかり書いてあるよな……概《おおむ》ね正しいんだが。

「だ、だからほら、結斗も割り切って寝ちゃえばいいのに……」

ぺちぺち、とみたび自らの太ももを恥ずかしそうに叩く澪。

その音に惹《ひ》かれて視線を戻してみれば、当然ながら澪の太ももが目に入る。引き締まりつつも柔らかそうで、少し日に焼けた魅力的な太ももだ。

思春期の心が揺れ動く。本能に従って寝転がりたい。

しかし俺は彩花さんが好きなわけで……。

「じゃ、じゃあさ、あたしが強制しちゃえばいいよね？」

と言った澪に頭をむんずと摑《つか》まれ、力ずくで膝枕の体勢に移行させられていく。

抵抗する間もなく小麦色の太ももに頭が密着した。……や、柔らかい。

「こ、これ、結斗は何も悪くないよ？　結斗をこんな風に誘ったあたしが悪いの……だから結斗はあたしに全部の責任押っ付けて、ゆっくりと膝枕を堪能《たんのう》していいんだからね？」

「あ、アホかお前は……っ」

俺は太ももの魅力にあらがい、即座に起き上がった。

「お、俺はな、彩花さんが好きなんだ！　お前なんかにほだされてたまるか！」

「む……じゃあ別にいいもん。膝枕をみすみす手放すなんて、そのうち後悔するよ？」

そのうちどころか、すでに後悔している部分はありつつも、彩花さんという想《おも》い人には誠実でありたいので、これでいい……これでいいんだ。

「そ、それより話題の変更だ——キューピットの考えを聞かせてくれ」

「キューピットの考え？」

「まず、どうやって俺と彩花さんを引き合わせるつもりなんだ、って話な」

そういった計画を何ひとつ聞いちゃいないので、多少不安な部分があった。

「考えがあるなら是非教えて欲しい」

「むふふ、結斗が教えを請うてくるって気分が良いね。いつもと立場逆転だし。まあ？

結斗がどうしてもって言うなら、教えてやってもいいかな的な？」

「なんだよそのウザったい顔は」

「なんだね？　それが教えを請《こ》う態度かね？」

こいつ……。

「まぁいいさ……澪老師、早く計画について教えてください」

「うむうむ、良かろう」

空想の口髭《くちひげ》をさするような所作と共に、澪は語り始めた。

「実は明日、アヤ姉とランチの約束をしておるのだ。だからその場に結斗を連れて行き、飛び入り参加させようかと思っておる」

「なるほどな……悪くないんじゃないか」

俺がいきなり彩花さんをランチに誘うのは厳しいが、それなら実にイージー。たとえるならジョン・フォン・ノイマンの手を借りて数学の問題に挑むようなモノだろう。

「ではわしは帰る。結斗少年よ、心して明日に備えておくがよいぞ」

そう言って老師が帰った部屋の中で、俺はベッドに仰向けで横たわった。

「上手《うま》く行ってくれ……頼むぞ」

天地、雲泥《うんでい》、月とすっぽん、提灯《ちょうちん》に釣り鐘。

なんでもいいが、俺と彩花さんの間には大きな隔たりがある。

だからまずは普通の関係を取り戻して、同じ地面を踏み締めている状態にしなければ。

明日のランチがそのきっかけになってくれることを、俺としては願うばかりだった。

◇

翌日。

ランチまで残り二時間以上を残した授業の合間の休み時間——俺は昼休みに向けて楽しみと緊張と不安を入り交じらせながら、次の授業の準備を整えていた。

そうしていると、窓の外が騒がしいことに気付く。椅子から立って校庭に目を向けてみると、体操着姿の彩花さんが目に付いた。どうやら次の時間が外での体育らしい。そんな彩花さんの体操着姿を、同じクラスの女子たちが綺麗《きれい》だのなんだのと囃《はや》し立てている様子。その囃し立ての筆頭が姉ちゃんなのが恥ずかしい限りだ。何やってんだよあの人……。

でも囃し立てたくなる気持ちは分かる。うちの地味な体操着さえも華麗に着こなし、どこそのブランド物に仕立てる力が彩花さんにはあった。パリコレに出てもおかしくない。

「相変わらず女子人気が高いよな、十条アヤ」

校庭を眺める俺の隣に、級友の正人《まさと》がやってきた。

「そばに居りゃあカースト上位確定だから、女子は必死になってんのかね？」

「普通に人気があるだけじゃないか？　クールな麗人タイプだしな」

「かもな。でも女子人気が異様に高く見える重要な理由がもうひとつ、あるよな？」

「男子の寄り付きが悪いから、女子人気が異様に高く見えるってことだろ？」

「さすが結斗だな」と正人。「そう、幾らなんでも男子が遠巻きに見過ぎてる。だから女子人気が高く見えるわけだ」

「まぁ、近付きにくいからな」

俺に似た心理状態の野郎どもがうじゃうじゃ居るのかもしれない。

「けどよ結斗、お調子者系の男子すら寄り付いていかないのは不自然だと思わねえか？」

「周りに合わせて自重してるんじゃないか、そいつら」

「そうかもしれねえ……が、実は十条アヤに関してはこんな情報があってだな」

と、正人は声をひそめてこう続けた。

「実は、男子が近付くと十条アヤは睨《にら》みを飛ばしてくるらしい」

「は？」

「男嫌いなのかってくらいに、近付くなオーラ全開の睨みをな。だから男子は近付きたくても近付けないし、近付いたとしても冷たくあしらわれる、って話だ」

「……本当なのか？」

いまいち信じられなかった。彩花さんが男嫌いだなんて話は聞いたことがないし、先日彩花さんの方から接触を図られたのが俺という存在だ。男嫌い説は俺自身が反証となって否定出来る。ところが正人は、

「信ぴょう性は高いぜ。十条アヤと同じクラスに居る部活の先輩からの情報だからな」

と、続けて言った。

となると、彩花さんが男子を門前払いにしているのは事実……なのか？

でもじゃあ、俺に先日接触を図ってきたのはなんだというのか。

もしかすると俺だけは、旧知なだけあって冷たくあしらわれる対象外？

それならそれでありがたいが、どうして他の男子には冷たく接するんだろう？

……昼休みに会ったら尋ねてみようか。

そんな風に考えていると、次の授業の先生がやってきたので、俺たちは慌てて自分の席に座った。それから授業をこなしていき、やがて昼休みを迎える。

普段は正人や他数名と一緒に教室で弁当を食べているが、今日は予定通りに、これから

彩花さんのもとに向かう。学食で彩花さんは待っているとのことだった。面倒な追及を受けないよう、テキトーな理由を付けて正人たちと別れ、俺は廊下に出た。

「よし、行こっか結斗」

廊下で別クラスの澪と合流し、学食を目指す。

緊張が湧き上がってきたそんな中で、澪にふとこんなことを尋ねてみる。

「なあ、彩花さんが男子に冷たいって話、お前知ってるか？」

「あぁうん、理由は知らないけどなんかそうみたいだね。でも結斗は大丈夫でしょ」

「……だよな」

不安を抱いていたが、澪の言葉で少しは気が楽になる。

しかし本当に大丈夫だろうか……いやまぁ、ポジティブに行こう。

彩花さんが俺に冷たく接する理由はないはずだ。他の男子の扱いがなぜか悪かろうとも、俺だけは先日同様、普通に扱ってもらえるはず。

そんな驕《おご》りにも似たポジティブを無理やりに形成し、彩花さんとの邂逅《かいこう》に臨む。

やがて見えてきた学食の、奥まったテーブルに、憧れの人の姿があった。

十条アヤ、もとい――九条《くじょう》彩花。

先ほど校庭に居た時と違って、きちんと制服を着こなしている彩花さんは、相変わらず神々《こうごう》しいほどに凛《りん》として見えた。綺麗な黒髪が、左目下の泣きぼくろが、彩花さんを形成するありとあらゆる要素が最高のアクセントとなって、そんじょそこらの女子高生にはない色気とミステリアスさをその身にまとわせている。

テーブルには姉ちゃんも同席していた。……姉ちゃんも一緒なのかよ。

彩花さんと歓談している姉ちゃんは、去年の文化祭でミス海栄《カイエイ》に輝いていたりもするので、彩花さんと合わせて二大巨頭揃《そろ》い踏み、とでもいうのか、そのテーブルは煌《きら》びやかなオーラで満ちあふれていた。

そこに今から女子自由形のホープとして名を馳《は》せる澪が混ざろうとしているのだから、もはや美少女の満漢全席だ。俺がそこに加わろうだなんて、場違いにもほどがある。

けれど立ち止まらず、澪に手を引かれたままそのテーブルへと迫ったところで——

学食ではあるが小ぶりな弁当箱（持参？）を手前に置いている彩花さんと目が合った。

ビビッと、心臓に電流が走ったような衝撃を受ける。

「あ、あの……」

八年ぶりの、まともな邂逅だった。

近くで見る現在の彩花さんは、遠巻きに見ていた何倍も綺麗で圧倒された。

思考が吹き飛んで何も考えられなくなる。

挨拶の言葉すら頭から失われて、俺は物言えぬ人形と化すしかなかった。

そんな中で彩花さんが、そっと口を開いたのが分かった。

それは俺に救いを差し伸べる言葉――

「帰りなさい」

――ではなかった。

「君を呼んだ覚えはないわ。私の前から速やかに立ち去ってもらえないかしら?」

淡い希望を打ち砕くかのような、それは容赦のない拒絶の言葉、だった。

黒曜石にも似た綺麗な瞳が鋭く細められ、俺を虫けらのように捉えてくる。

ゾッとするほど希望のないそんな仕打ちに、俺は頭が混乱した。

澪に否定してもらった不安は杞憂《きゆう》では済まなかったらしい。

俺も門前払いの対象だった。

特別扱い――ではなかった。

「ちょっとアヤ姉っ、何言ってるの?」澪がムッとした表情で食い下がっていた。「速やかに立ち去れって何さ? 結斗だよ? なんで冷たくする必要があるわけ?」

「そうよ彩花、一体どうしたというの?」姉ちゃんも困惑した表情を浮かべている。「男子に冷たい理由はよく分からないけど、結斗にも冷たくする理由はないんじゃない?」

「京《みやこ》も、澪ちゃんも、黙って」

彩花さんの目は引き続き俺を捉えてくる。あしらうような言葉が続けられる。

「とにかく君、早いところ立ち去ってちょうだいな。この場に君が居る資格はないの」

「資格って何？　アヤ姉ふざけてんの？　結斗だよ？　資格ならあるでしょ？」

「ないわ。男子に付きまとわれるのはいい迷惑なのよ」

「いい迷惑って……、アヤ姉、それ以上酷《ひど》いこと言うならあたし怒――」

「――やめろ澪」

澪がぷつんとしそうになったのを見て、俺は逆に冷静になれた、ような気がした。

気がしただけだ。あぁそうさ、別に冷静になんかなれちゃいない。

でも荒事にするつもりもないから、色んな感情を封じ込めて俺は軽く頭を下げた。

「大人しく立ち去ります……彩花さん、すいませんでした」

返事はなかった。

どこか虚《むな》しい気分を引っ提げて、俺は足早に学食を立ち去るしかなかった。

「……どういうことなんだよ」

学食をあとにした俺は、一人になりたい気分で校舎裏に向かった。ジメついた日陰にたどり着いたあとは、壁に寄りかかってずるずると背中を擦《こす》るように腰を下ろしていく。

「何がどうなってるんだ……」

彩花さんのあの態度──俺にまで敵意を見せるほどの男嫌い。

あんな彩花さん、俺のデータベースには存在しない。

彩花さんに一体何があったんだ。先日ラインに応じてくれた挙げ句、「ね、会えたでしょ？」と接触までしてくれたのに、一体どうしてあんな、にべもない態度を……。

「──結斗っ！」

分からないことだらけで、脳内がぐちゃぐちゃになっているそんなところに、澪が息を切らせて走り寄ってきたのが分かった。

「結斗っ、平気？」

はあ、はあ、と息を整える澪は、どうやら心配して来てくれたらしい。

「……お前、彩花さんとのお昼は？」

「キャンセルしてきたよそんなの。結斗に冷たい理由って何？　って引き続き問い詰めてもなんにも言ってくれないし。何あれ。アヤ姉変わっちゃったよ」

どこか落胆したように呟《つぶや》いて、澪は俺の隣に腰掛けてくる。

「で、結斗は平気なの？」

「……平気に見えるか？」

「見えない」

そう言って澪は急に俺の方に体を向けたかと思えば、両腕をガバッと広げてみせた。

「……すしざんまい？」

「違うし。これは抱擁ロボ・澪ちゃんマークⅡです」

「は？」

「ピーガガガ。抱き締めて慰めてあげるから、好きな時に飛び込んできてクダサイ」

「いや……遠慮しとくわ」

「ちょっ、あたしなりの気遣いを無駄にしないで欲しいんだけど！　大会で水着脱げた時よりもハズいじゃん！」

「……競泳水着ってどうやったら勝手に脱げるんだよ」

男子でさえピッチリだから脱げないだろうに。

「とにかく……ルーティーン以外の抱擁はダメだ。俺が好きなのは彩花さんだからな」

そう告げてやると、澪は呆《あき》れたように俺の目を覗《のぞ》き込んでくる。

「結斗ってドMなの？　あんなこと言われてもまだ諦めてないんだ？」

「だっておかしいだろ。彩花さんは明らかに不自然だ。俺が何か失礼をやらかしたわけでもないのに、あんな風にいきなり拒絶の姿勢を示してくるだなんて……。男子全般を冷たくあしらっていることも含めて、彩花さんには何か裏があるんだよ多分」

「知らんし分からん。でも何か事情があるんだと思う」

「裏って例えば？」

「でもそれ、希望的観測でしょ？」

「ポジティブに行こうよ、って昨日俺に言ってきたのはどこの誰だっけな？」

「あたしです……」多少気まずげに応じつつ、澪は頬をぽりぽりと掻《か》いた。「まぁ確かに、アヤ姉の言動はおかしいのかもね……何か隠してることがありそうかも」

「だろ？　絶対に何か事情があるはずだ。あれはきっと、彩花さんの本心じゃない」

確証はないが――俺は自分の好きになった人、を信じたい。あれは多分演技だ。

「でもじゃあ、事情を暴《あば》くにしてもどうするの？　アヤ姉にさぐりでも入れてみる？」

「そうしたいところだが……俺たちは彩花さんに接触しにくくなったしな」

「まぁ、気まずいよね」

あんなことがあってすぐに接触出来るほどの度胸は、さすがの澪にもなさそうだった。

「そういえば姉ちゃんは？」

「ミヤ姉なら、アヤ姉とのランチを継続してるよ。何かさぐってくれてるかもね」

「ならこっちは、姉ちゃんのさぐりが芳《かんば》しくなかった場合の動き方を考えておくか」

「例えば何するの？」

「あまり気は進まないが、放課後に尾行とかな」

「え、ストーカーじゃん」

「だ、だからあまり気は進まないって言ってるだろうが……」

「まぁでも、ガードが固そうなアヤ姉の裏側を知るには、それくらいのことはしないとダメかもね。迷ったらやるべきだよ。思い立ったが吉野《よしの》家とも言うし」

「言わねえよ！」

「とにかくっ、ミヤ姉がなんの情報も得られなかった場合、スニーキングミッション発動ってことでしょ？　今日は部活お休みだし、あたしも行っていいかな？　いいよね？」

「お前も？」

「キューピットが不参加っていうのもおかしな話でしょ？　結斗と一緒にコソコソ～って尾行して、アヤ姉が昔と変わらない優しいお姉ちゃんだって証拠を見つけたいよね」

「……だな。じゃあ一緒にやるか」

何度だって言うが、あんなに冷淡な彩花さんは彩花さんじゃない。

きっと何か事情があるはずなんだ。

昼休みの終わり際に、姉ちゃんからのラインが届いた。

それによれば——さぐりは不発。

よって尾行作戦の決行が正式に決まった。

「おう結斗、実はこのあと他校の女子との合コンなんだが、一人欠けた分お前来て——」

「行かない。予定があるんだよ」

「つれねえなあ」

放課後を迎えたところで正人とそんな会話を繰り広げつつ、俺は教室の外に出た。

「——あ、結斗っ、ほら見てよこれ！　尾行用の段ボール用意してみたんだけど！」

廊下には澪が待ち構えていた。そして段ボールが用意されている。どんな下準備だよ。

「スネークじゃないんだから、余計目立つわこんなモン」

織笠《おりがさ》と藤堂《とうどう》ってホント仲良いよな、的な目で周囲に見られている程度にはすでに目立っていた。普通に行くぞ普通に。段ボールは元の場所に返してこい。

「ミヤ姉も誘う？」

「今日は生徒会だから無理だし、そうじゃなかったところで、あんな騒がしい人をメンバーに加えるべきじゃない。バレやすくなるだろ」

仮に尾行がバレれば、彩花さんからの心象は地に落ちるかもしれない。

そう考えると、俺たちはリスキーな行動に出ようとしているらしい。

しかし、このまま何もしないじゃいられない。彩花さんが男子を門前払いにしている事情を突き止めるために、尾行はやらないといけないことだ。

「思えば、アヤ姉って車で登下校してるよね？　尾行出来るの？」

「問題ない。あの車、車載 Wi-Fi を飛ばしてるみたいでな」

ロータリーの黒い高級車を窓から眺めつつ、俺はスマホを取り出した。

「今一番上に表示されてるのがあの車のアクセスポイント。これを頼りに追いかける」

「でも引き離されたらアクセスポイントの表示が出なくなっておしまいじゃない？」

「まあな。でも校門から出たあとの進行方向さえ分かれば、行き先は絞れるだろ？　そのあとを地道に追いかけて、このアクセスポイントが再表示される場所を見つけられれば、その近辺に彩花さんは居るってことになる」

「なるほどね、さすがは結斗！」

「褒めないでくれ。こんな下卑たやり方を思い付いた自分がイヤになってるからな」

それでもとりあえず、俺たちは校門で待ち伏せを図った。彩花さんを乗せた車が、学校から出たあとにどの方向に進むのかを見極めるためだ。

ロータリーに停《と》まっていた送迎車が、やがて彩花さんを乗せて動き出す。俺たちは目を凝らしてその動きを観察する。車は校門から出ると、郊外の方向へと進んでいった。

「あっちって何があったっけ？」

「西側だから、住宅街と運動公園」

「じゃあ家があっちにあるか、あるいは運動公園に用事ってこと？」

「かもな」

学業に専念を理由に芸能活動を休止したのだから、放課後はてっきり駅前の塾か予備校にでも通い始めているかと思ったが、そうではないらしい。まだ契約してないだけか？

「とにかく、まずは追いかけてみるぞ」

「うんっ」

彩花さんの情報を集めるべく、俺たちは郊外の西側に移動した。

すると、運動公園の近くを通りかかったところで、例のアクセスポイントが再表示されたことに気付く。澪と一緒に近くの駐車場を見回ってみると、例の高級車が停まっているのを見つけた。ビンゴだ。

「アヤ姉はこの運動公園に居るってこと？　何してるんだろ」

この運動公園で出来ることと言えば、アスレチックで遊ぶか、外周のコースを走るか、敷地《しきち》内の施設でスポーツの練習でもやるか、の三択だ。

アスレチックで遊ぶ、は除外でいいと思う。スポーツの練習もないだろう。

「外周を走ってるのかもな」

彩花さんは休業中だが、逆に言えばいずれ復帰する立場だ。一日の合間を縫って、スタイル維持目的のジョギングに励んでいても不思議じゃない。

「コースの近くでランナーの観察でもしてみる？」

「やろう」

俺たちは外周のコースに向かった。彩花さんと入れ違いにならないよう、駐車場からほど近い木陰に隠れてランナーを観察する。

もっとも、こんなさぐりを入れることにどれほどの意味があるのかは分からない。

彩花さんの走る姿を捉えたところで、彩花さんが男子に冷たい理由なんか分かりっこないのかもしれない。けれど今は、どれほど小さなヒントでもいいから拾うべき時だ。彩花さんにこの手を届かせるために、足掻《あが》くだけ足掻かなければ。

「ねえ結斗」

「ん？」

「もしアヤ姉がさ、本気で結斗を嫌ってたらどうするの？」

西日に照らされつつランナーの観察を続ける中で、澪が不意に尋ねてきた。

「アヤ姉はもう、昔とは違うのかもしれないよ？」

「もしそうなら、潔《いさぎよ》く諦めるさ」

嫌悪《けんお》感を抱かれている相手にアプローチを続けられるほどの強メンタルじゃないし。

「でもこんなこと言ったら、澪は昨日みたいに怒るか？　もっと粘れって」

「ううん、アヤ姉が嫌ってるならどうしようもないと思うから、別に怒りはしないよ」

「ホントか？　じゃあそん時は彩花さんを忘れられそうな女子を紹介してくれ」

「それなら……えっとね結斗、あたしとかどうでしょう？」

「冗談はよせよ」

と、澪に言い返したその矢先、一人の女性ランナーが目に付いた。向こうからコースを走ってきて、俺たちが潜む木陰には目もくれず、通り過ぎていくその女性。

涼しげなウェアに短パンとレギンスを合わせた格好で、姿勢よく走っている。まん丸で地味なメガネをかけて、黒い髪はふたつのおさげにまとめられていた。

俺はその人を目だけで追いかけていく。

「ちょっと結斗、知らない人をジッと見たらダメだよ。変態っぽいし」

「いや、今のが彩花さんだ」

「へ?」澪が目を点にした。「いやいや! 今の人ものすっごく地味だったよ? アヤ姉のオーラゼロだったけど」

「そりゃ、有名人オーラバリバリで外に出る芸能人がどこに居るんだよって話な。つまるところ、アレは変装した姿だ」

一見どころか、何見しても十条アヤには見えない、徹底した変装状態だった。

一昔前を彷彿《ほうふつ》とさせる冴《さ》えないメガネをかけて、髪の毛も地味なおさげにまとめて、あの十条アヤとしてのオーラを極限まで抑え込み、凡人としてランナーの中に溶け込んでいた。周りは超有名人が紛れていることに気付いてなさそうだった。

「な、なんで結斗は今の地味子さんがアヤ姉だって分かったの?」

「髪の毛のキューティクルが一緒だった」

俺は十条アヤ、もとい彩花さんの出演作を録画して何度も見返してきたガチ勢だ。髪の毛の質感も目に焼き付いている。どれだけ変装してもそこだけは変えられまい。

「すごいけど、大会でブーメランパンツ穿《は》いて股間誇示してる男子くらいキショい」

「自覚はあるさ」

「にしても、なんでアヤ姉は変装してるのかな?」

「そりゃ、騒がれたくないからだろうな」

「でも学校では変装してないよね？　あそこまで地味になれるなら、学校でも変装した方が静かに生活出来るはずなのに」

　確かに澪の言う通りだ。彩花さんは学校での安寧を捨てている。

「それに何か理由があるとすれば、インパクトを最初に持ってきたのかもしれないな」

「どゆこと？」

「仮にだ、変装して学校に通い始めたとして、そのまま九条彩花としてバレずに過ごせればいいが、もし途中でなんらかの要因で十条アヤだってバレたら、その時の騒ぎがすごいことになりそうなのは想像つくよな？　その後の学校生活から平穏が消えかねない」

「あぁそっか。つまり途中でバレて騒がれるリスクを抱えておくくらいなら、最初から正体バラしてみんなを十条アヤに慣れさせることで、その後の学校生活が平穏に過ごせるよう注目度を調整してる、ってこと？」

「多分な。卒業までの二年近くを過ごす場所だから、正体を隠すという爆弾を抱えておくのはやめたんだと思う」

　二年近く正体を隠して過ごすのは、上手《うま》く行ったところで疲弊しそうでもある。だから最初から正体をバラしてみんなを慣れさせることによる平穏を選んだ。

　逆に学校外では、正体を隠さないことにリスクしかないので、普通に大人しく変装を施しているんだと思う。いちいちファンに取り囲まれたら大変だろうし。
と。
そこまで考えたところでふと思う。
「……演じ分けているのか」
「え？」
「彩花さんは演じ分けているんだよ、プライベートを二分割にして」
同じプライベートでも、学校とそれ以外の場所とでは、彩花さんは別人なのだと思う。
学校では変装しないスタンスで、それ以外の場所では地味な変装を施すスタンス。
プライベートの、二分割。
学校では十条アヤとして過ごし、それ以外の場所では九条彩花として過ごしている、の
だとすれば――
そうさ、そういう演じ分けをしているのであれば――学校での男子への冷たさは、あく
まで十条アヤとしてのスタンス、なのではないか？
なぜ男子に冷たく接する必要があるのかはまだ分からない。
しかしその態度が、二分割にされたプライベートのうちの、学校でだけのスタンスなの
だとすれば、学校外で過ごしている今の彩花さんは、昔の、優しいままなのでは？

いやもちろん……それはあくまで俺の想像でしかなく、確証のある答えではない。

けれど、すがり付きたくなる希望の光ではあった。

あ――、と澪が急に自分のスマホを確認し、うぐぐ、とうめき始めたのはその時だった。

「ねえ結斗、あたし残念ながらプールに行かないとダメな時間になっちゃった」

水泳バカの澪は、部活が休みの日でも地元のスイミングスクールで体を動かすようにしているのは昔からのことだ。五時からの二～三時間、過密にレーンを泳ぎまくるそうだ。

「なら、ここからは俺一人で大丈夫だ。お前は気にせずいつも通りに行ってこい」

「じゃあごめんだけど、あとは任せた。今日は取材もあるから、遅れるのは御法度《ごはっと》でね。協力関係は当然この先も継続するから、その点は心配しなくていいよ！　それじゃ！」

グッとサムズアップしつつ、澪は急いだ様子でこの場から離れていった。

澪が居なくなると一気に寂しい感じになったが、俺の心は明るさを増していく。

今しがたの仮説が正しければ、学校外の彩花さんは昔の彩花さんのままのはずだ。

ジョギングが終わったタイミングを見計らって、勇気を出して接触を図ってみるか。

やがて彩花さんが一周して俺の居るところまで戻ってきた。

まだ走るかと思ったが、どうやらこれで終わりのようだ。ゆっくりと速度を落とし、やがてその足を止めて息を整えていた。

迫るなら今だと考え、俺は木陰から出て彩花さんに近付いていく。

無論、緊張している。もし拒絶されたらどうするんだという恐怖もある。

俺の仮説が正しい保証はない。仮説は仮説に過ぎないからだ。

八年前と変わらない、優しいお姉ちゃんとしての彩花さんは、もしかしたらもう彼女の心の中から完全に消えているのかもしれない。けれど、それでも、俺は諦めたくはない。

かの哲学者ソクラテスはこう言っている――よりよく生きる道を探し続けることが、最高の人生を生きることだ――と。

現状に満足せず、最良の道を模索し進み続けることが大事である、とソクラテスは言いたいのだと思う。共感せざるを得ない。だからこそ、リスクを背負ってでも一歩前進するべき時が今なのだとすれば、俺は踏み出してやる。

この手を彩花さんに届かせ、同じ舞台で求愛のダンスをするために。

口がカラカラになって、吐きそうになるが、ここで逃げるわけにはいかない。

俺は彩花さんが好きなんだ。

おこがましくて、まだ告白なんてするつもりは微塵《みじん》もないけれど、それでもいつかは想《おも》いをきちんと伝えたいから、いつまでも臆病風を吹かしちゃいられない。

あぁそうさ、だから踏み出すんだ。

好意を告げるための、その一歩目を。

呼吸を整え、駐車場に向かおうとし始めた彩花さんの背中に、俺は勇気を振り絞って呼びかけた。

「──彩花さんっ」

ぴたりと、彩花さんの足がおもむろに止まった。振り返って、それから俺をハッキリと捉えてくる。その目が少し見開かれたかと思えば、

「……何をしているの、こんなところで？」

と、彩花さんはさぐるように言葉を切り出してきた。俺は気後れせずに告げる。

「俺は、その……お昼のことが気掛かりで、彩花さんの真意が知りたくて、それで」

「尾行してましたって？　最低ね。なんて気持ちが悪いのかしら」

「……え」

「尾行なんてしたら更に嫌悪の情を向けられるかもしれない、という想像力すら欠けているの？　猿以下ね」

「──っ」

「……というのは冗談よ。君を尾行に至らせてしまった責任は私にあるでしょうからね」

「え……？」

「とりあえず、こっちに来て」

彩花さんはそう言って俺に近付いてくると、俺の手をそっと摑《つか》んだ。そのまま引っ張られ、近くの茂みに連れ込まれる。

「あ、彩花さん……？」

「まず、そうだね、私はこうしなければならないと思う」

彩花さんは足を止め、俺の手を離すと、俺と向き合った。そしてそのまま頭を下げて、

「――結斗くん、お昼はごめんなさい」

と、誠実に謝られたその瞬間、俺は自分が賭けに勝ったことを悟った。

そうか、彩花さんはやっぱり……。

「お昼に色々と酷《ひど》いことを言ってしまったけれど、アレはね、その、本心じゃないの……色々と事情があって、ああせざるを得なくて……でも」

彩花さんは頭を上げると、申し訳なさそうに言葉を続けてきた。

「何を言い繕ったところで、結斗くんを傷付けてしまったのは事実だと思うから、謝る以外に何か詫《わ》びる方法があるなら言ってくれる？　私、なんでもするから」

「い、いや待ってくださいっ」

お、思った以上に自責の念を持っていらっしゃるな。俺の方がかえって落ち着いてきた。

「あの、まず、俺は言うほど傷付いちゃいません。お詫びなんていらないです。彩花さんのあの態度がやっぱり演技だったって分かっただけで、充分ですから」

「……そう、なの？」

「はい。だからそうやって自分を責めるのはやめ――っ……!?」

「うん、ありがとう、どうやら紳士に育ったみたい、かな？」

と、彩花さんにいきなり感謝のハグをされ、俺は全身を硬直させてしまう。

「ごめんね、いきなり抱きついちゃって。やっと結斗くんとまともに話すことが出来たから嬉《うれ》しくて、つい」

恥ずかしそうに微笑《ほほえ》みつつ、彩花さんが俺から離れていく。

学校では氷の女王だったのに、今は天使もかくやの明るい雰囲気。

口調も心なしか柔らかくて、それこそ昔のままだ。学校外ではやはり十条アヤとしてのスタンスは捨てているらしい――信じて正解だった。

「ねえ結斗くん、私が走り終わるのをずっと待っててくれたんだよね？　もう暑い時期だし、熱中症とか平気？」

「ま、まったく問題ないです」

「そっか。なら良かった」彩花さんは優しい口調でこう続けてくる。「じゃあ結斗くん。いきなりの提案だから無理なら無理で良いんだけどね、今からうちに来ない？」

「――え？」

「冷たく接した事情とか、積もる話とか、色々あるでしょ？　それをこんなところで立ち話じゃ、結斗くんに悪いからね」

「で、でも大丈夫なんですか？　俺なんかがお邪魔しても……」

「マスコミとかは気にしなくて平気。この変装と今の自宅は勘付かれてないからね」

彩花さんはそう言って微笑んでくれた。地味な変装を施していても、笑顔はやっぱり可《か》憐《れん》だった。その笑顔をまた向けてもらえる日が来るだなんて、俺は幸せ者だと思う。

「ぜ、是非お邪魔したいですっ。本当に迷惑じゃなければ、ですけど」

「いいよ。遠慮せずにおいで」

そう言われ、俺はたまらない気分になった。

気さくに優しく、俺を包み込んでくれる穏やかな雰囲気。

そうさ、これこそが俺の知っている彩花さんだ。

「それじゃ、車まで行こっか」

彩花さんが駐車場に向かい始めたので、俺はそのあとを追っていく。

「ところで結斗くん、君とようやくまともに話せたところで、もうひとつ、きちんと言いたかったことがあるんだよね」

「なんですか？」

「あのね」

「はい」

「──ただいま」

一陣の風と共に紡《つむ》がれたその言葉を聞いた瞬間に、俺はなんだか泣きそうになった。

もう二度と会えないかもしれないと思っていた彩花さんの、八年ぶりの凱旋《がいせん》。

それだけの長い期間、俺はまた会えるかどうかも分からない彩花さんのことだけを想い続けて過ごしてきた。その想いが報われるかどうかなんてまだ分からないけれど、こうしてまた会えたことに感謝しながら、俺は、

「おかえりなさい、彩花さん」

そう告げて、今も続く初恋の相手が帰ってきたことを改めて実感した。

◇　澪──午後五時過ぎ　市内　スイミングスクール

「じゃあ藤堂選手、今から取材をさせていただきますね。よろしくお願いします」

「はい、よろしくお願いします！」

スイミングスクールに到着した澪は、練習を始める前に、施設内の小部屋で地元テレビ局による取材を受けていた。自由形で全国区の選手である澪には、時折こうして取材の依頼が舞い込んでくる。今日はここで待ち合わせをし、話をすることになっていた。

「では率直に今の調子はいかがですか？　六月の終わり頃から地区大会も始まりますが」

「バッチリです！　全国を見据えて毎日頑張ってますから！」

「では次に、どなたかライバルと呼べるような選手はいらっしゃいますか？」

「うーん……そうですねえ」

悩む澪の脳裏にふとよぎるモノがあった。

それは——彩花の顔で、

（な、なんでアヤ姉が……）

水泳に一ミリも関係ない彩花が急に思い浮かんできたことに澪は驚く。水泳に関係ない時点でライバルも何もあったもんじゃないというのに。

でも水泳以外でなら、もしかすると何かぶつかり合うこともあるのだろうか。

「藤堂選手？　大丈夫ですか？」

「あ、はい。すいません。ライバルはですね、その……——今の自分です！」

ハッとしつつ、澪はありきたりな返答を行なった。

それからも取材が続けられていく中で、彩花のことが思い浮かんだのは後にも先にもライバルについて聞かれたその一度きりだけだった。

なぜライバルとして真っ先に思い浮かんできたのが彩花だったのか……どれだけ考えても、今の澪にはその答えが分からなかった。

◇結斗

彩花さんと共に送迎車に乗り込み、俺は彩花さんの自宅へと招かれることになった。彩花さんは現在、海栄高校近辺にある住宅街の高級マンションに住んでいるようで、やがて車はその地下駐車場へと入り込み、居住区と繋《つな》がるエレベーターの手前で停車した。

「さ、結斗くん、降りていいよ。そこ段差あるから気を付けてね」

促され、自動で開いたドアから俺は降りていく。

彩花さんも続いて降りながら、運転席の老紳士と言葉を交わしていた。

「黒川《くろかわ》さん、今日も運転お疲れ様でした」

「いえ、不肖ながらこの黒川、アヤ様のためならば疲れなど覚えますまい」

「ふふ。じゃあまた明日もよろしくお願いしますね」

「もちろんですとも。――時にそこの少年」

「は、はい？」

ハンドルを握る老紳士に呼び止められる。彼は険しい眼差《まなざ》しで俺を捉えていた。

「いいかね？　アヤ様に良からぬことをしたら殺す――それは理解しておくようにな？」

「は、はあ……」

「では失礼」

そう言い残し、老紳士は車を走らせ、地下駐車場をあとにしたのだった。

「……あの人ってただの運転手じゃないんですか？」

「黒川さんは私のマネージャーだよ。今回の休業中は私のサポートをしてくれてるの。悪い人ではないよ。過保護だけどね。あと車を汚すとすごく怒るから怖い」

「じゃああの車は彩花さんのモノではないんですか？」

「あれは事務所の車。ちなみにこのマンションも事務所が借りてくれたモノだよ。だから私、移動手段と住まいには一銭も使ってないんだよね。すごく助かってるんだ。それ以外は自分でなんとかしろって言われてるから、結構節約して暮らしてる感じかなあ」

滅茶苦茶《めちゃくちゃ》稼いでいるだろうに、倹約家っぽさをアピールしてくる彩花さんだった。お金に溺れて金銭感覚が狂ったりはしていないらしい。さすが心が清らかでいらっしゃる。

「さてと、じゃあ私の部屋に行こっか。最上階にあってね、すごく広くて快適なの」

彩花さんの先導でエレベーターに乗って、あっという間に最上階にたどり着く。

エレベーターを降りたすぐ目の前が彩花さんの部屋だそうで、車を降りてからの歩数は二〇歩にも満たなかった。

「はい、どうぞ」

「お、お邪魔します」

先に入るよう背中を押され、俺は恐る恐る彩花さんの部屋に足を踏み入れていく。

廊下を進むと、十数畳ほどのリビングに出迎えられた。広さとは裏腹に内装は意外に質素で、食卓とローテーブル、ソファーが配置されている以外に家具らしい家具は何もなかった。越してきたばかりだから物が揃《そろ》ってないのかもしれない。

「そういえば親御さんは……？」

「二人とも都心に居るよ。今回は私だけが戻ってきた形なの」

「ひ、一人暮らしってことですか……？」

「そうだけど、何か問題ある？」

あり過ぎるほどにあると思う。一人暮らしの部屋に俺を呼ぶって攻め過ぎだろ。まぁ嬉しいけども、彩花さんは昔からちょっと危うさを孕《はら》んだ天然なんだよな。

「ふぅ、やっぱりおうちは良いね。人目がないって落ち着くなぁ」

彩花さんはそう言ってウェアを脱ぎ始めていた……え、何してんのこの人。スポブラがあらわになった一方で、ショートパンツとレギンスもスルリと脱ぎ下ろし、上下ともに下着姿になっている。ちょ、ちょっと待ってくれ……っ！

「な、なんで脱いでるんですか⁉」

「え？　──あっ、ご、ごめんねっ！　私帰宅したらすぐにシャワー浴びちゃうタイプだからその癖でつい！」

やっぱり素だと天然だなこの人……クールな十条アヤの面影が欠けらもない。

「じゃ、じゃあ私シャワー浴びてくるから、結斗くんは待っててもらえる？　お話はそのあとにする感じで！」

「わ、分かりました」

頷《うなず》いた俺をよそに、彩花さんがそそくさと洗面所に入っていく。

俺はソファーに座らせてもらい、ひと息ついた。

すごいモノを見てしまった……下着姿の彩花さん。真っ白な肌が綺麗《きれい》だった。モデル体型で、おへそが可愛《かわい》い感じで、胸も澪よりは小さかったがD寄りのC程度はありそうで、眼福だった。もう死んでもいいかもしれない。

「結斗くん、ごめんね、おもてなしもせずに待たせちゃって」

一〇分ほどが経《た》った頃、ラフな部屋着姿の彩花さんがリビングに戻ってきた。メガネとおさげによる変装が解除され、馴染《なじ》みのある姿を見せてくれている。

流麗な黒髪と、左目下の泣きぼくろ。

何度見ても色気の塊で、綺麗だなとしか思えない。

「積もる話の前に飲み物を用意しちゃうね」

彩花さんが電気ケトルを起動させていた。紅茶のティーバッグも用意している。

彩花さんともあろう人がティーバッグを使用するのか。高級茶葉とかじゃなく。

だいぶ庶民的なんだな。俺の中での好感度が高くなる。もっとも、その好感度ゲージはとっくに限界突破済みではあるんだが。

「さてと、じゃあ結斗くん、色々とお話をしよっか」

彩花さんが紅茶のカップをふたつ持って俺の対面に腰掛けた。

片方のカップが俺の手前に差し出される。

「お砂糖は欲しい？」

「あるなら欲しいです。苦いのはちょっと」

「ふふ。大きくなっても舌は子供のままなんだね。可愛い」

からかうように笑って、彩花さんがキッチンに向かった。

……可愛いのはあなたの方なんだよなあ。

「はい、お砂糖ね。お好きなだけどうぞ」

「ありがとうございます」

俺は角砂糖に手を伸ばす。彩花さんがそんな様子をジッと眺めていた。懐《なつ》かしむように、小さく微笑《ほほえ》みながら、どこか遠くを見据えるように、やがて口が開かれた。

「まず、結斗くんが元気になってて安心したかな。京からの連絡でもう快復してるのは知っていたけど、実際にこの目で見るまでは信じられないところもあったからね」

「彩花さんが引っ越した一年後くらいには、もうピンピンしてましたよ」

「勉強の方はどうかな？」

「先日中間考査があったんですけど、実はそれで学年一位でした」

「わ、ホントに？　すごいすごい。やっぱり結斗くんは勉強が出来る男の子だったんだ。となると、その可能性を幼い頃に見破っていた私の目は慧眼《けいがん》と言えるよね？」

「ですね」

「さあ、たっぷり崇《あが》めてくれていいんだよ？　ふふ。なんてね」

茶目っ気たっぷりに笑った彩花さんを見て、俺は感激していた。

元気になって、勉強で一番になった姿を見せるという、幼き日に果たせなかったその約束を今ようやく果たすことが出来たのだから。

報われるかも分からない努力を続けてきた甲斐《かい》は、きっとあったのだろう。

「彩花さんにいつか再会出来るはずだって信じながら、ずっと勉強を頑張ってきて良かったです。今日、あらゆる苦難が報われた気がします」

「私もね、結斗くんが約束を忘れずに努力し続けてきたことを知れて嬉《うれ》しいよ。でもね、まだ気は抜いちゃダメだと思うの。最低でも受験までは頑張らないとね」

むんっ、と胸の前で両拳を握り締めつつ、そんなエールをくれる彩花さん。

テレビに出ている時や学校ではクールを極めているが、本当の彩花さんはこうなんだよな。クールとは真逆のほわほわ系、は言い過ぎだが、割と甘々な性格だ。俺が十条アヤを他人の空似だと思っていたのは、あのクールさが素と違い過ぎたことも影響している。

「ところで結斗くん、驚かせてしまったよね？」

「え？」

「私が十条アヤだったこと」

「あぁ、はい……そりゃあもう」

正体を悟った時はとんでもない衝撃があった。

思えば、今更ながらにこの状況は、彩花さんが目の前に居るのと同時に、あの十条アヤが目の前に居る、という状況でもあるのだ。映画にドラマ、舞台やバラエティ、あらゆるメディアで活躍していた超有名人が目の前に居て、親しげに話してくれている。

妙な優越感がある一方で、これが表沙汰になれば、俺は十条アヤのファンからなぶり殺しにされかねない。現役JKなだけあって、ファン層は男が多めだからな。

「恥ずかしいから聞きづらいんだけど……結斗くんって私の出演作を見たりはしてた？」

「もちろん。純粋に推してましたから、録画や配信サービスで繰り返し見たりして」

「そ、そうなの？　……恥ずかしいね」

「特に好きな出演作は『マカロニ男』です。ホラー初仕事なのに演技が際立《きわだ》ってました」

「え、あんなマイナーな映画も見てくれたの？」

「そりゃ推しの活躍は見ますよ。記事やグラビアが載ってる雑誌もコレクションしてますし、十条アヤ目当てで試写会の舞台挨拶にも一度当選して見に行ってますし」

「ひゃあー……そこまでなんだ……」

照れたようにモジモジとうつむく彩花さんだった。

「じゃあ結斗くんってさ……今、ものすごく嬉しかったりするの？」

「当たり前ですよ！」

大ファンだった十条アヤの正体が今も続く初恋の相手で、そんな人とついにまともな再会を果たせたのだ。喜びが幾重にも重なり合ってバベルの塔を建造しそうな勢いだ。

「ありがとうね、結斗くん。熱心なファンでいてくれて。私もすごく嬉しいよ？」

うぐ……これ以上そのまばゆい笑顔を見ていたらガチで昇天しかねない。

話題を変えて態勢を整えるべきだ。

「えっと、そういえばその、彩花さんはどうやって女優になったんですか？」

女優が夢だとは知っていたが、どんなルートを経てその道へと進むことになったのか。

「えっとね、私、バレエをやっていたでしょ？　他にも色々とやっていた中で、バレエだけはずっと継続していたの。それで、中一の時に全国大会で優勝しちゃって」

「すごいですね」

「で、バレエの全国大会って、割と芸能スカウトの人が見に来てるんだよね。演技力を見いだして女優にスカウトするために、とか、そういう感じで」

「じゃあ、彩花さんはまさに見いだされたってことですか？」

「そういうことだね。それで中二の時にデビューしたらこんな感じになっちゃった」

「彩花さんをスカウトした人は慧眼ですね」

そして恐らく、彩花さんを子供の頃から好きだった俺も慧眼に違いない。

「でもまさか、こんなにも売れっ子の立場になるとは夢にも思わなくてね……。女優をやるにしても、天国のおばあちゃんと同じように、小さな劇場でこぢんまりとやれればそれでいいかな、って思う程度の夢だったのに、こんな風になるだなんて……」

そう呟《つぶや》く彩花さんは、どこか疲れているように見えなくもなかった。

「やっぱり、その、色々と大変ですよね？」

「そうだね。夢を叶《かな》えられたのは嬉しいけど、有名税というモノがどうしても付きまとってしまうから、プライベートで出歩く時は変装が欠かせないの」

メガネとおさげによる地味な変装は、彩花さんの平穏を守るためのモノなんだろう。

「でも同じプライベートでも、学校とそれ以外とで分けてる感じですよね？」

「あ、細かく見てるんだね。感心しちゃう」

「学校で変装をしてないのは、最初から十条アヤであることをバラすことでみんなを慣れさせることを選んだ、って解釈で合ってますか？」

「うん、その通り。その方が最初は騒がれても、だんだんと落ち着いてくれるはずだからね。正体を隠して途中でバレて、その後が滅茶苦茶になったら目も当てられないし」

「じゃあ、学校で男子に冷たく接しているのはどうしてなんですか？」

今日、一番気になっていることを俺はようやく尋ねた。

「それはね、簡単に言うなら——勘違いファン対策」と彩花さん。「冷たく接することで、下手な希望を持たせないようにしているの。以前、私のファンイベントでとある男性に優しく接したら、その方がストーカー化したことがあってね。それ以来、男性への接し方を変えるようにしたの」

「そうだったんですか……」

あの冷たい態度の裏には、彩花さんなりの自己防衛術が込められていたらしい。

「男性がみんな、勘違い思考回路の持ち主じゃないのは分かってるよ？　でも、少しトラウマになってる部分もあるから、ああして事前に追い払うようにしてる感じかな」

話を聞けばすんなりと納得出来る。あの態度が本心だと信じなくて本当に良かった。

「結斗くんにもあんな態度で接したのは、結斗くんだけを特別扱いにすれば、結斗くんが学校の男の子たちから妬まれてしまう可能性があったから、かな……私と知り合いだと知られるのも、結斗くんにとっては良くないかと思って、だから、ああして関わりなんてさもないかのように振る舞ったの……でも、改めてごめんね？　前もって説明しておけば、結斗くんを変に傷付ける必要もなかったのに」

彩花さんが再び頭を下げた様子を見て、俺は慌てて首を横に振った。

「謝らないでくださいっ。むしろありがとうございました！」

自己防衛のためだけじゃなく、俺がいじめのターゲットにならないように、という配慮も込められていたのだから、そうした気遣いには感謝しなければならない。

「でもその、姉ちゃんとかには昼間の時点で真相を教えといても良かったような……」

「それは確かにね。でも、誰が見て聞いているか分からないから、公共の場では教えられない部分があったかな。メッセージで教えるのも、なんだかデータに残るのがイヤで」

自己防衛のためにやっている冷たい演技が演技だとバレたら意味がないから、その情報の取り扱いには細心の注意を払っていた、のだろう。

「学校では、これからもあの態度を続けるんですよね？」

「そのつもりだよ。だからこのことは京と澪ちゃん以外には内密にね？」

「無論です」

その約束は必ず守らせていただく。

「じゃあお話はひとまずこの辺にして、時間的にそろそろお夕飯の買い物に行こうと思うんだけど、どうしよっか。結斗くんはもう帰る？　それともここで食べてく？」

「食べていってもいいんですか？」

「もちろんだよ。お昼がああだったお詫《わ》びも兼ねて、お夕飯は一緒に食べたいもんね。でもその場合、買い物に行ってくるのを待ってもらわないといけなくて……」

「だったら買い物に同行してもいいですか？　暇潰しって言ったら失礼ですけど、彩花さんの日常的な行動に興味があるので」

「じゃあ一緒に行く？」

「行きます」


俺たちは一〇分ほど歩いて、国道沿いのスーパーにやってきた。

彩花さんは当然ながらメガネとおさげで変装している。

「黒川さんでしたっけ？　あの人が買い物をやってくれるわけじゃないんですね」

「さすがにそこまで至れり尽くせりじゃないよ。別にお嬢様ではないしね」

彩花さんが買い物カートを押そうとしていたので、俺はさりげなく役目を変わった。

「ふふ、ありがとう。結斗くんは誰にでもそうやって優しいの？」

「いや、彩花さんにだけです」

「って、誰にでも言ってるんじゃないの？」

「い、言ってないですよ……」

「ホントかなあ？」

楽しそうに笑いながら、彩花さんが先に進んでいく。穏やかなだけでなく、こうして時折いじってくるところも幼少期と変わりないようだ。

「結斗くん、こっちに来て」

野菜売り場から巡り始めた彩花さんが手招きをしている。近付いていくと、彩花さんはかごの中にもやしを大量に入れ始めた。

「もやし、好きなんですか？」

「うん。安いし、カロリーも少ないし、レパートリーも多めだしね。私の主食だよ」

意外だ。彩花さんともあろう人がもやしを主食にしているとは。でもまぁ、それはストイックな食生活の表れなのかもしれない。立場上、太るわけにはいかないだろうし。

かごの底がもやしの袋で埋まったところで、彩花さんは歩みを再開する。

「買い物はいつもこのくらいの時間に？」

「そうだね、お仕事してる時から食材は夕方以降に買うことが多いかな」

「暇がなかったからですか？」

「いや、割引を狙ってるからだね」

滅茶苦茶《めちゃくちゃ》稼いでいるだろうに割引を狙うのか。ストイック過ぎやしないか。

「あ、ほら、胸肉が安くなってるよ。今が買いだね」

トレーダーみたいなことを言いながら、彩花さんがとり胸肉のパックを手に取った。

「胸肉はもやしに次ぐ私のお供なんだよね。カロリーが少ないのにタンパク質が豊富だから、食べても太らないし筋肉に栄養が回るってことで、映える体になりやすいの。割引がなくてもそもそも安めだしね」

節約しつつ、摂生のことも考える。

徹底されたストイックさ――そのプロ意識に俺は感嘆してしまう。

けれど大変そうだ。

「なんていうか、女優も楽じゃないですね。休業中なのに走って運動して摂生も管理しなきゃいけないっていうのは」

「まあね。でも叶えた夢を手放すわけにはいかないから、そこは頑張らなくちゃ」

彩花さんは力強くそう言った。

叶えた夢――夢か……思えば、勉強で一番になって、その姿を彩花さんに見せることが出来た以上、俺は目下の夢をクリアしたことになる。

そう考えると、なんだか燃え尽きた感があった。

彩花さんと付き合うのがゴールではあれど、八年越しに約束を果たせたというのは、俺の心を白い灰にするのに充分な達成感をもたらしてくれた。

虚無とでもいうのか、ここから上手《うま》くやる気を出せるのかどうか、不安だった。

「とりあえず、今日はこんなものでいいかな。さ、結斗くん、レジに行こっか」

「あ——はい、そうですね……」

ハッとした俺は、彩花さんを追ってカートをレジに向かわせる。

……シャキッとしろよ俺。

虚無とか言ってる場合じゃないぞ。

彩花さんと進展する気あるだろ？

……あるよな？

「ふう、お疲れ様。じゃあすぐにお夕飯作るからソファーで待っててね」

やがて彩花さんの部屋に帰ってきたところでそう言われた。

彩花さんは可愛《かわい》いエプロンを身に着けて、キッチンに立った……将来的にはこの光景を日常にしたいところだ。こんなに綺麗《きれい》なパートナーが居たら幸せ過ぎるだろうな。

そのためにまずは関係を再構築し、仲を深めていくところから始めなければならない。

とはいえ、どうなのだろう。

こうして一人暮らしの部屋にお呼ばれされている時点で——割ともう、それなりにだいぶ、彩花さんの中での俺に対する好感度は高めなのでは？

だが、どう見られているかは分からない。

きちんと異性として見られているのか、あるいは異性以外の何かという扱いなのか。

彩花さんの中における、俺の扱いが気になる。

少なくともそこに関しては、今日帰るまでにハッキリさせておきたいところだ。

と考えている程度には、やる気あるよな、俺。別に虚無ってことはない……はずだ。

「あの、俺に手伝えることって何かないですか？」

少しでも印象を良くしたくて、俺はキッチンに出向いた。

「手伝ってくれるの？　じゃあお皿の用意を頼んでもいいかな。結斗くん、昔に比べて背がすごく伸びてるから高い食器棚も楽々届くよね？」

「了解です。お任せを」

こうして俺は皿の取り出し係となった。しかし出番はまだ先なので調理風景を見学だ。

彩花さんは現在、料理酒にみりんや砂糖、味噌《みそ》を混ぜた和風ベースのタレを作っており、出来上がったそれをアルミホイルに載せた胸肉ともやしの上にとろりとかけていた。

かけたあとはアルミホイルを閉じて、オーブンの中で蒸し焼きにし始める。

「これであとは待つだけだね。その間にもやし炒《いた》めを作るよ」

「もやし三昧ですね」

「ふふんっ、私手製のもやしフルコースを堪能《たんのう》させてあげちゃうよ」

茶目っ気たっぷりに彩花さんはそう呟《つぶや》く。誰もが知る新進気鋭の若手女優が質素にもやしを愛しているだなんて、地上で知っているのは恐らく数人程度だろう。優雅なイメージ戦略の影響なのか、バラエティに出た時は「フォアグラが好物」とか言っていたし。

そういえば、俺のようにプライベートを知る異性は他に居るのだろうか。事務所の人間は例外として、基本的には俺の独占案件……なのか？

「……時に彩花さん、今は恋人って居るんですか？」

気になって尋ねてしまったが、もし居ると言われたら俺はどうすればいいんだ？

「恋人？　ううん、そんなの居ないよ」

――おっしゃああ！

「忙しくて、色恋に耽《ふけ》ってる余裕なんてなかったからね」

「でしょうね！」

「恋愛禁止とは言われてないし、恋をすると演技が磨かれる、なんて言われたりもするから、出来るならしてみたいね、恋……難しい部分もあると思うけど」

どれだけ飛び抜けた立場にあろうと、彩花さんもまだ多感な一〇代の少女でしかないわけで、そりゃ色恋には興味があるらしい。普通の感性だ。それに親しみを覚える。

遠くに行ってしまったように思えて、実は全然まだまだ近しいところに居るのが、今の彩花さんなんだろう。立場が飛び抜けている以外は、昔のままだ。

そのうち、彩花さんがもやし炒めを作り始め、それが完成するともやしのポタージュなんてモノに取りかかり、もやし料理がバラエティ豊かに仕上がっていく。

「はい、料理出来たからテーブルに並べていこうね」

やがて彩花さん手製のもやしフルコースが完成した。

メインディッシュは胸肉ともやしの味噌蒸し焼きで、そこにもやし炒めともやしのポタージュ、更にはもやしのナムルが並ぶ、といった感じである。

もはやもやし祭りだ。見た目のクオリティはどれも文句なし。これで味が完璧なら、いよいよ彩花さんへの好意は際限なく膨れ上がってしまう。

「じゃあ、いただきます」

「うん、どうぞ召し上がれ」

食卓に着いて、俺はまず一番気になっていたもやしのポタージュをいただいてみた。

「どうかな？　美味《おい》しい？」

「いやこれ、めちゃくちゃ旨《うま》いですね」

正直どうなんだろうと思っていたが、個人的にはコンポタよりも美味しい。

「わ、ほんとに？　良かったぁ。自分で食べてばっかりで、誰かに食べさせるのは初めてだから、実はすごく緊張してたんだよね」

などと言われ、俺はもう死んでもいい気分になった。

彩花さんの手料理を食べた第一号になれたことを、俺は誇りに思う。味噌蒸し焼きも美味しいし、もやし炒めもシンプルに美味しいし、ナムルも言わずもがなだった。

「――ご馳走様《ちそうさま》でした」

「うん、お粗末様でした。やっぱり育ち盛りだね、食べるの早い早い」

あっという間に平らげた俺を見て、彩花さんは満足そうに笑っていた。

そんな折、ポケットの中でスマホが短く震え、取り出したスマホには、

『今どこに居るの？　まだ帰ってないし。今日の勉強会はナシ？』

と、澪からのそんなラインが表示されていた。

「誰から？」

「澪からです」

「澪ちゃん……今日のお昼、結斗くんに冷たく接した私にすごく怒ってたよね。ああする

しかなかったとはいえ、演技で騙《だま》したようなモノだし、悪いことしちゃったなぁ……」

　彩花さんはしゅんとしていた。

「あとで俺が誤解といておきますから、安心してください」

「でも、澪ちゃんの連絡先を教えてもらえる？　自分でも謝っておきたいから」

「あぁ、まだ知らなかったんですね。分かりました」

　俺はカバンから筆記用具を取り出し、澪の連絡先を書き記していく。

「ねえ結斗くん、ひょっとして結斗くんと澪ちゃんって付き合ってる？　澪ちゃんが庇《かば》う態度、すごかったし」

「いや、付き合ってないですよ。そんなはずがないです」

　彩花さんにそんな勘違いをされたくはないので、俺は全身全霊で否定しておく。

「ほんとに？　じゃあ澪ちゃんがお昼に怒っていたのは、単に身内を思ってのこと？」

「だと思いますよ。ちっちゃい頃から一緒に過ごしてる親戚ですし、俺からすればあいつは家族みたいなもんで、あいつからしてもそういう感じなんじゃないですか？」

　過剰なスキンシップはあれど、俺に好意を持っているとは思えない。

「なるほどね、羨ましい関係だなぁ。私は一人っ子だから、同世代の身内に憧れちゃう」

「疲れますけどね」

「それはきっと、疲れるほどに楽しいってことじゃないかな」

「……ですかね?」

「うん。私もそういう感覚を味わってみたいから、また昔みたいに結斗くんのこと、弟として扱ってみてもいいかな? すでに散々、そういう風に扱ってるかもしれないけどね」

「お、弟ですか?」

おかしいな……屋内なのに暗雲が。

「そう、弟だよ。幼い頃から結斗くんのこと、そういう風に見てるからね」

「………」

重ねてそう言われ、俺は浮かれていた気分がすべて雲散霧消していくようだった。

お、弟……。

彩花さんにどう思われているのか気になっていたけれど、そうか……弟……。

「結斗くん、どうかした? なんだか急にどんよりとし始めたような」

「いえ、なんでもないです……」

なんでもなくはないけれど、まぁ今はそういう見られ方でもいい気がする。

ゆっくり距離を詰めていければそれでいいんじゃないか?

でもそんな悠長な感じでいいんだろうか。

やっぱりちょっと……俺はアレだ、燃え尽き感に苛《さいな》まれているな。

彩花さんと再会し、昔みたいに話せた今の状況に満足してしまっている。

別に進展せずに昔なじみのままでいいか、なんて思うところがなくもないのだ。

「じゃあ時間も時間ですし、俺はそろそろ帰ります。これ、澪の連絡先です」

中途半端《ちゅうとはんぱ》な感情のまま、俺はそう言って席を立った。

「うん、ありがとう結斗くん。気を付けて帰ってね？」

「はい、今日はありがとうございました。有意義で、楽しかったです」

そう、楽しかった。

とても、とてつもなく、楽しかった。

だからこそ、それは堕落に誘《いざな》う甘言のようでもあった。

別にこのままでもいいんじゃないかと思わせる快い環境。

親密にならなくても、これがゴールでいいんじゃないかと——八年越しの約束を果たせた俺はそう思い、彩花さんとの現状に満足してしまっている。

……実際、どうなんだろうな。

この状況がゴールでもいいんだろうか？

幕間《まくあい》1　澪《みお》に降りかかるモヤモヤ

「え、結斗《ゆいと》、まだ帰ってないの？」

スイミングスクールでの自主的な遠泳を終わらせ、自宅で夕飯を食べ終えた澪は、最近は日課と化した勉強会を行なうべく織笠《おりがさ》家を訪問したが、京《みやこ》からの返答はそれだった。

「そう、結斗ったらまだ帰ってなくてね。みおすけ、結斗について何か知らない？」

「放課後にアヤ姉の尾行をしてて、あたしは先に帰ってきたんだけど、もしかしたら結斗はまだ尾行してるのかも」

「彩花の尾行ですって……っ⁉　そんな楽しそうなことをやっていたとはね……くぅ、生徒会の仕事さえなければわたしも参加したかったのに！」

「あはは……」

美少女（主に彩花）に目がない京のそんな発言は、澪的には苦笑いの対象であった。この悪癖さえなければ京は尊敬出来る優秀な人間ではあるのだが。

「えっと……結斗が帰ってないなら、あたしは帰るから。そんじゃね、ミヤ姉」

「なっ、もう帰っちゃうの⁉　そう言わずにわたしとお茶でもどう？　ねえ？」

「い、いや、遠慮しとくね」

重ねてそう告げて、澪はひとまず自宅へと引き返すことにした。

夜道を歩きつつ、結斗にラインを送ってみる。

『今どこに居るの？　まだ帰ってないし。今日の勉強会はナシ？』

と綴《つづ》り、送信した。

連絡もないままに、結斗は一体どこをほっつき歩いているのだろうか。

まだ彩花の尾行を継続しているのだとして、何か成果はあったのだろうか。

「……ばか」

いずれにせよ、澪はなんだか無性に寂しい気分に駆られていた。

結斗が彩花のことを想《おも》い続けているのは知っているし、だからこそ今の彩花の実態を知りたくてそちらにかかりっきりになるのは重々承知している。キューピットを買って出ているくらいに、それを応援したい気持ちだってある。

けれど。

かといって。

「……あたしのことほったらかしとか、そんなのってないんじゃないの？」

日課の勉強会が無視されている。

連絡のひとつでも入れてくれれば、それで充分許せるのに。

それすらないというのは、澪にしてみると面白くはなかった。

「ふんだっ、結斗は女心が分かってないんだよ。そんなんじゃアヤ姉なんてオトせるわけないじゃん。ばかばかっ」

思わず悪態をついてしまう。

やがて自宅に帰り着くと、廊下ですれ違った母親が不思議そうに尋ねてくる。

「あら澪、結斗くんとの勉強会は？」

「今日はお休み。結斗が帰ってなかった」

「こんな時間にまだ帰ってないの？」

「ふんっ、どこぞで女の尻を追っかけてるんだよあいつ」

「あら、じゃああんたも負けてらんないじゃない。結斗くんに追っかけてもらわないと」

「な、何言ってんのママっ……おかしなこと言わないでよ、もうっ」

「照れなくてもいいじゃない。ちっちゃい頃は『結斗のお嫁さんになる！』ってうるさいくらいに公言してたんだし」

「ち、ちっちゃい頃の話でしょ！　今更持ち出さないでよっ。ママのばかばかっ」

そう告げて、澪は自室に駆け込んだ。

「ママってば、いつまであんな風に茶化してくるんだか……」

ベッドに寝転がって、母親の態度に呆《あき》れた表情を浮かべる。

結斗は大切な存在だが、そういう目では見ていない。

クールでカッコよく育っているが、結斗はあくまで仲の良い兄弟みたいなモノだ。

それ以上の仲になろうだなんて、それは……どうなんだろう。

「……ないよ」

ありえない。

彩花に一心不乱で、こちらとの勉強会をすっぽかすような男なんて願い下げだ。

そうじゃなくても、自分はキューピットだ。命の恩人である結斗の恋路を手助けしようとしているのだから、それに真っ直《ます》ぐ取り組むべきだ。

それ以外の感情なんて持つべきではない。

そう考えていると、枕元のスマホが震えた。

手に取って画面を眺めてみると、結斗からの返信だった。

確認してみると、そこには――

『俺はゴールに居るのかもしれない』

そんな要領を得ない言葉が記されていた。約束をすっぽかされた挙げ句に意味不明な返信をもらった澪は、どこか痺《しび》れを切らしたように通話を仕掛けた。

「あ、もしもし結斗っ。ゴールって何さ！」

『今な、彩花さんの家で夕飯をご馳走《ちそう》になって、その帰り道なんだよ』

「へ？」

澪は驚く。何がどうなってそうなったのか。予想以上の進展ぶりに困惑すら覚える。

『まぁ賭けに勝って上手《うま》くコトを運んだわけだ。でさ、これってゴールだと思うか？』

「え？　いや……ご飯食べただけなら、ゴールっていうかそれがスタートじゃない？」

『……確かにな』

結斗はどこかダウナーだった。一体なんだというのか。

『まぁとにかく、彩花さんとは昔の仲には戻れたってことさ。弟扱いなことが判明してがっかりというか、悲しくもあったけど、悪くはなかったよ』

そんな報告を改めて受けた。

「………………」

スマホを握る手に力がこもる澪。

自分の知らぬ間に一歩どころか、それなりの前進を見せた幼なじみ。

結斗のそんな、一足飛びの成長は、普通ならきっと微笑《ほほえ》ましく思ってあげるべき部分なのだろう。

良かったね、と。

やったじゃん、と。

一緒になって喜んであげるべきことなのかもしれない。

しかし、澪は、

(なんだろ……この感じ)

結斗のそんな前進っぷりを、素直に喜ぶことが出来なかった。

モヤモヤする。

むかむかする。

結斗が彩花との関係性を改めて築き上げようとしている——それはキューピットを引き受けた自分にしてみれば、望むべきことでしかないのに——どうして、それを素直に喜ぶことが出来ないんだろう……?

『どうした? 大丈夫か?』

耳元で心配するような声が聞こえてきた。

割と長く、沈黙していたのだろうか。

澪は慌てて取り繕った。

「だ、大丈夫。なんでもないから」

『そうか？　澪は部活もやって最近は勉強もやって、だからな。今日みたいに部活のない日は自主練なんてしないで、たまにはしっかり休んだ方がいいと思うぞ？』

「うん……ありがと」

気遣いの言葉が嬉《うれ》しかった。結斗にそう言われただけで心が一気に凪《な》いでいく。

『じゃあしっかり休んどけよな。勉強会すっぽかした分は明日でよければ埋め合わせすっから。そんじゃな』

そうして通話が終わると、澪は改めてベッドに寝転がった。

「……キューピット、頑張らなきゃ」

結斗の恋路を成就《じょうじゅ》させる――それが自分に出来る結斗への恩返しだ。

結斗が命を懸けてまで繋《つな》いでくれたこの命、結斗のために使わないでどうする。

たとえどこかに納得出来ない部分があったとしても、自分は結斗のために動くべきだ。

そうしなければならない。

そうするべきに決まっている――。

第3話　交錯する感情

数日が経《た》った。学校での彩花《あやか》さんは、相変わらず男子に冷たいことこの上ない。その目に氷河期が宿っているんじゃないかと思えるほどの、絶対零度の眼差《まなざ》しで、自分に近付いてくる男子をことごとく牽制《けんせい》している。

昼休みの現在。俺は正人《まさと》たち級友と一緒に今日は学食で腹を満たしつつ、同じ学食内に居る彩花さんの様子を眺めていた。学校での俺たちは他人だ。関わりは許されない。

彩花さんのテーブルには姉ちゃんと澪《みお》が同席しており、幼なじみたちが和気藹々《わきあいあい》と歓談しながら食事を進めていた。彩花さんが男子に冷たい事情を理解したので、姉ちゃんにしても澪にしても、わだかまりはなくなっている。堂々と触れ合えるのが羨ましい。

「なんとも壮観だよな、あの席」眼福と言わんばかりに正人が呟《つぶや》いた。「女優に生徒会長に競泳界のホープだ。結斗《ゆいと》はやっぱ、あの中なら十条《ジュウジョウ》アヤなのか？　でもあの人に特攻したところで神風にしかなれねぇのが世知辛《がれ》ぇよな。すでに何人かが爆散したらしいぜ」

「男子が神風なら、彩花さ……十条先輩は米軍ってことか？」

「絶望感を考えりゃ妥当だろ。つか結斗ってそういや、数日前に特攻したんだったか？」

「告白まではしてないが、一緒のお昼を求めて撃沈はしたな」

数日前のお昼に限って言えば、俺はレイテ沖海戦並みの大敗北を喫している。

「頭トップで顔もそこそこのお前でさえ相席が無理なら、もう誰でもダメなんだろうな」

正人が諦念の表情でそう言った。あの氷河期具合が演技だと知らない正人からすれば、彩花さんはそそり立つ氷壁にでも見えているのかもしれない。

「ま、お前にゃ藤堂《とうどう》さんが居るし、パイセンに敗北しても問題なさそうか」

「だから澪はそんなんじゃないんだよ。ただの腐れ縁の幼なじみだ。おまけにアホだし」

「お前分かってねえな。文武両道だったら付け入る隙がねえじゃねえか。女子なんざ、どっちかに偏ってるくらいが最高なんだっつーの」

女子を敵に回しそうな発言をしている正人であった。

やがて食事を済ませて教室に戻ると、俺のもとに数名の女子が近付いてきた。

「ねえユイユイ、今暇なら勉強教えてくんない？　勉強はもうユイユイしか勝たんしね」

「ユイユイ呼びはやめて欲しいんだがな」

俺がそう言い返した相手は、この特進クラスＢ（Ｃまである）で最も発言力を持っているであろう女子グループの筆頭、砂川楓《すながわかえで》だ。遊んでそうな見た目とは裏腹に中間考査で一桁の順位に名を連ねていた秀才で、なんならこのクラスの委員長（多分内申目的）だ。

「そもそも勉強教えろってなんだよ。お前、先日の中間考査で七位だったろ？」

「だから教えて欲しいんじゃんか。ユイユイよりは下だし、この子らはもっと下だしね」

「おうおう砂川よ、結斗じゃなくてこの正人様を頼ったらどうだ？」

「一七〇人中五九位とかいう中途半端《ちゅうとはんぱ》くんは黙ってて」

「ど、どうしてオレの順位を知ってんだよ砂川！」

「ん？　あんたが友達に話してるとこ、たまたま聞いちゃったから」

五九位でイキるなよ正人……。

「なあ結斗……オレはお前が憎いよ」

「なんで矛先が俺に向くんだよ」

「……頭が良くて、顔自体も悪くなく、女子たちからも頼られるお前がオレは憎いよ」

「好きで頼られてるわけじゃないんだよ。鬱陶しいこともあるしな」

「くそっ、嫌味か貴様！　お前なんか何股もしていつか刺されちまえばいいんだ！」

正人はそんな捨て台詞《ぜりふ》を残して廊下に走り去っていった。……なんなんだよお前。

「さ、バカはほっといて勉強教えてもらえる？　期末では順位上げて内申高めたいしね」

砂川たちに退《ひ》く様子は見られない。まぁ別にイヤではないので、昼休みは大人しく彼女たちの先生役を務めることにした。やる気のある奴《やつ》らは嫌いじゃない。

そんな中でふと思う——そういえば、彩花さんの成績はどうなっているのだろうかと。

彩花さんは学業に専念との理由で芸能活動を休止している。

それは芸能活動をしていたら成績が悪化したがゆえの決断だったのか、あるいは成績なんて特に悪化していないが休む口実としてそういう理由をでっち上げたのか。

真相は果たしてどちらだろうか。


「弟扱いを脱却する良い方法を考えてみたんだけど、結斗、聞く？」

その日の夜。いつもの勉強会を開いて、それが無事に終わったところで、澪が教科書やノートをしまいながらそう言ってきた。

「弟扱いを脱却する良い方法？」

「そう！　結斗って今アヤ姉からそういう扱いなんでしょ？　脱したくない？」

「このままでいいかな、って思ってる部分もあるんだよな」

彩花さんは俺のことを異性として見ちゃいないっぽい。

家に上がらせてもらって以降、校内では勘違いファン対策のせいで疎遠ながら、ラインや通話では割と頻繁にやり取りが出来ている。しかしそこに色恋の要素は皆無で、俺は聞き役に徹してばかりの、頷《うなず》き共感ｂｏｔと化している感じだ。

放課後に直接会う機会も、あれ以降はまだ訪れていない。彩花さんは将来的な女優復帰を見据えてジョギングしたり、事務所傘下《さんか》の演劇スクールに通ったりもしているそうで、放課後はそれなりに忙しいみたいだ。

つまるところ、彩花さんとの仲はまったく進展していない。

けれどそこに危機感を覚えちゃいなかった。相変わらず、俺は燃え尽きたままだ。


「――シャキッとせんかいシャキッと！　好きなんでしょアヤ姉のことが！　何腑抜《ふぬ》けてんだYO！　YOUのアヤ姉への好意はその程度でしかなかったのかね結斗少年!?」

「まさか。宇宙みたいに膨張し続けてんだよ。でもこのまま攻めずにいれば、フラれることはないんだ。それはそれで満足だし、現状維持も策略としてはアリさ」

「本気で言ってる？」

「いや……本当は仲を進展させて、付き合いたいに決まってる」

燃え尽きたとか現状で満足だとか言っているが、俺は結局攻めて玉砕するのが怖いのだ。心は白い灰になっちゃいない。燃え尽きることを恐れて立ち往生しているだけだ。

「安心しなよあたしが付いてる！　とにかく聞きなよ、弟扱いを脱却する良い方法を！」

「分かった……じゃあ聞かせてくれ」

前向きに行こう。玉砕を怖がっていたらきっと何も得られない。

「うむうむ、じゃあ聞かせてあげてもいいけど、条件があります。今日の部活がハードで疲れちゃったから、アレをさせて？」

「……なんでお前が聞けって言ってきたのに素直に聞かせてくれないんだよ」

まぁいいけどな……、とぼやいて、俺は大人しくアレを受け入れる覚悟を決めた。

疲れやストレスを抱えた澪が、それを発散するためのルーティーン。

幼い頃から続く、俺たちだけの秘め事。

今日は背後からではなく、真正面からだった——大きめのテディベアにでも抱きつくかのように、澪が上半身をおもいっきり密着させて俺のことをぎゅっとしてくる。

……いい加減、卒業すべき行為だと思っているが、この行為が割と真面目に澪のメンタルを整えているらしい（大会の前とか、これをやるやらないでタイムが一秒以上変わるらしい）のだから、やめるにやめられないところがあったりする。

（にしても……）

相変わらず、悔しいほどに良い匂いがする。若干塩素臭くて汗っぽくもあるが、それがイヤではなかった。かといって延々と受け入れ続けるほどに俺は仏でもない。

「ま、まだか？　もういいだろ？」

「ん……もうちょっと」

「もうちょっとってどれくらいだよ」

「四五分」

「ふざけんな！　ディズニーの待ち時間かよ！　彩花さんに顔向け出来なくなるだろ！」

俺は澪とのハグを強制解除させる。澪は不服そうだった。

「何さ何さ、別に顔向け出来なくなってもいいじゃん」

「良かねえよ！」

「ていうか結斗ってさ、なんでアヤ姉が好きなわけ？」

「なんだよ急に……」

「アヤ姉のどこが好きなのか、思えば聞いたことなかったし」

「そんなのはもう、全部だよ」容姿、性格、雰囲気、すべてが好ましいのだ。「でも全部ってのは曖昧過ぎるか。まぁ、療養中だった俺に刺激をくれたからだよ」

家で大人しく勉強するしかなかった過去の、肺を患《わずら》っていた俺にとって、彩花さんはわだかまった空気を吹き飛ばしてくれた希望の風だった。姉ちゃんの友達として我が家を訪れ、構ってくれて、代わり映えのしなかった俺の日常に変化をくれたのだ。

「ちょろいかもしれないが、それで虜《とりこ》にされたんだよ」

「……あたしじゃ、刺激にならなかった？」

「ずっと一緒に居ると、慣れちゃうよな」

「ふぅん……そっか」

澪はどこかムッとしていたが、気を取り直したように続ける。

「まぁいいや。それはそうと、ルーティーンをこなしてくれたわけだし、弟扱いを脱却する良い方法、教えたげるね」

「当たり前だ。約束は守ってもらうぞ」

「まずさ、あたし思うに、弟扱いを脱却するには男らしいところとか、頼もしいところを見せるのが効果的だと思うんだよね」

「だろうな」

「結斗がスポーツ男子だったら活躍する姿を見せたりするのが手っ取り早いんだけど、大前提として結斗は運動だけダメ過ぎだからその手は使えません」

「悪かったな。誰もがお前みたいにマグロじゃないんだよ」

「ま、マグロって何さ！　女子にマグロとかデリカシーなさ過ぎ！」

「？　常に泳いでるお前にはちょうどいいあだ名だろ。褒め言葉として言ったんだがな」

「あ、あぁそういう意味ね……」

「他になんの意味があるんだよ」

「し、知らないもん！　結斗の変態！　追及してこないで！　ばかばかっ！」

……？　何を勝手に真っ赤になってるんだこいつは。

「と、とにかく結斗にスポーツでの活躍は期待出来ないわけで、そこであたしは考えたのです——結斗センセー出張計画を！」

「ひょっとして、彩花さんに勉強教えろって？」

その通り！　と澪はフライパンで弾《はじ》けるポップコーンみたいに応じた。

「今日のお昼に成績の話題になってね、アヤ姉って結構おバカになってるっぽくてさ」

「おバカになってるって、お前にだけは言われたくないワードNo．1だな」

「と、とにかく！　今のアヤ姉って成績は良くないんだってさ。転入試験も割とギリギリだったみたいで、芸能界の実績ありきで拾われた感があって悔しいって言ってたよ」

やっぱり単純に成績が良くないから学業に専念したわけか。昼間の疑問が解けたな。

「結斗って確か独自に勉強進めてて、もう二年生の範囲に突入してるんでしょ？　ホント勉強バカっていうか。でもそれなら、アヤ姉にも勉強教えられるよね？」

「まぁ、一学期の範囲ならな」

二年生の学習内容に独自で着手し始めているのは事実だ。ただし理解度は全体の三分の一ほどでしかないので、今のところ教えられるのは二年生一学期の範囲に限られる。

まぁ現在は一学期なわけだから、そこを教えられれば充分だろうけども。

「なら、アヤ姉の先生になろうよ。そうすればきゃー頼もしい抱いてってなるかもよ？」

「そうはならないだろうが、まぁやるだけやってみたいな」

かの哲学者ルソーはこう言っている——生きるとは呼吸することではない。行動することだ——と。すなわち行動しない人生に意味はない。やれることがあるなら動くべきだ。

「彩花さんは了承済みなのか？」

「一応話は通してあるよ。もちろん、キューピットのことは隠してね」

「有能だな」

「でしょ？　受けるか受けないかは結斗が自分で伝えてね。じゃ、あたしは帰るから」

「ああ、助かったよ」

澪が荷物をまとめて帰っていくのを尻目に、俺は早速彩花さんにラインで連絡。

先生役を引き受けるのか否《いな》か、その答えはもちろん——

◇　彩花——同時刻　都内某所　演劇スクール

彩花が在籍する芸能事務所――アモールプロダクションズは、芸能界の中でも名の知れた俳優、女優、芸人等を数多く輩出している大手の事務所である。

自社で演劇スクールを開校しており、次なる金の卵を育てることにも抜け目ない。

そんな演劇スクールは、所属タレントの演技指導や練習の場としても開放されており、所属タレントであれば自由に使用することが許されている。ゆえに彩花は休業中であろうとも、週に二度ほど、復帰を見据えたレッスンをそこで行なうことにしていた。

「はあ～、やっぱりアヤさんの演技は素敵でした……」

「早く復帰しちゃいましょうよ、アヤさんが芸能界に居ないのは損失ですし」

レッスン自体はすでに終了しており、今は更衣室で帰り支度を整えているところだった。

同じレッスンを受けていた事務所の後輩二人に、彩花は微笑《ほほえ》みながら言い返す。

「ありがたいけれど、復帰はまだまだ先の話なのよ。急《せ》かされても変わらないわ」

後輩たちの前では、彩花はクールで優雅な十条アヤとして振る舞う。このようなプライベートの場であろうとも、彼女たちに素は見せない。憧れられているのを分かっているからだ。それなのに素を見せてしまっては、夢の破壊者となってしまう。

「そういえば、アヤさんの学校って楽しいですか？　私ちょっと心配です」

「あたしもです。なんかＳＮＳ見てみたら〝十条アヤ男子に厳し過ぎてクソ〟だのなんだのって話が出てますし。厳しいのはファン対策ですよね？　それなのにそんな……」

「それはしょうがないわ。批判も覚悟でやっていることだから。それにそういうのは言わせておけばいいのよ。いちいち批判の声に反応していたらどうにもならないからね」

それが、彩花の導き出しているアンチ意見への対処法だった。

「あなたたちも出来るだけ強く在りなさいね？　これから有名になった時、荒波に揉《も》まれても負けないメンタルは必要不可欠なのだし」

「アヤさんはどうやって耐えてるんですか？」

「仮面を被《かぶ》っている、とだけ言っておこうかしら」

仮面？　と二人が小首を傾《かし》げた一方で、彩花は帰り支度を続ける。

仮面とは要するに、十条アヤそのものだ。完全無欠のクールビューティー・十条アヤという仮面を被ることで、強気になれる。強気な十条アヤがすべてを防いでくれるので、本当の自分へのダメージはゼロになる。

無論、疲弊はする。素を押し殺し、十条アヤとして居続けるのは非常に疲れる。どんな場でも素で居られたら気楽だろうが、そうすると外からの声に負けそうになるし、目の前の後輩たちのように十条アヤを好きでいてくれる人たちの夢を壊してしまう。

だから素を見せられる相手は少なく、貴重だ。

てしまう。

そんな返事を送りながら、引き受けてもらえたのが嬉《うれ》しくて、彩花は思わず頬を緩ませ

(やったっ。──明日の放課後は暇だから、早速明日からお願いね、っと)

それはお昼に澪から提案された話で、彩花は結斗の返事を待っている状態だった。

文面をチェックしてみたところ、家庭教師を引き受けさせて欲しい、との旨《むね》だった。

ふとスマホを確認してみると、その貴重なうちの一人からのラインが届いていた。

(あ──結斗くんからのメッセージ)

「アヤさんどうしたんですか?」

「何か面白いツイートでも見つけました?」

「あ、い、いえ、なんでもないのよ?」

慌てて取り繕いながら、彩花は荷物を手に持った。

「じゃあ二人とも、また次のレッスンで会いましょう」

お疲れ様でした! との挨拶を背に受けて、彩花は黒川《くろかわ》が待つ駐車場に向かっていく。

しかし意識はすでに、仮面を脱ぎ捨てても大丈夫な相手である結斗との、明日の勉強会へと向けられていた。

(楽しみだな~)

◇　結斗

「いらっしゃい結斗くん、待ってたよ！　超待ってた！」

迎えた翌日の放課後——俺は彩花さんのマンションを訪れ、部屋に通されていた。

「な、なんかテンション高くないですか？」

「そうかな？　普通だと思うけどね♪」

普通じゃないと思うが、まぁ何か良いことでもあったのかもしれない。

ところで、今日はマンションまで車で送迎されてはいない。チャリだ（一旦帰宅して乗ってきた）。学校から黒川さんの車に乗せてもらえたら楽なんだが、その光景を他の生徒たちに見られたらマズいわけで、こうしてひっそりと訪れるしかなかったという経緯だ。

私服にお着替え済みの彩花さんに招かれたリビングは、相変わらず質素なものだった。目に見える家電はエアコンと冷蔵庫くらいで、家具も安っぽくて、極力お金のかからない生活をしているようだ。そこまでストイックに生きる必要はあるんだろうか。

「昨日、澪ちゃんから話を聞いた時は驚いたんだけど」

彩花さんがティーバッグの紅茶を用意しつつ、ふと話を切り出してきた。

「結斗くん、上級生の私にも勉強を教えられるって本当なの？」

「本当ですけど、教えられるのは今のところ一学期の範囲だけです」

「それでも充分すごいよ」

彩花さんはローテーブルの対面に座った。ことりと、紅茶が俺の手前に置かれる。

「別に他意はない質問なんだけど、勉強して、将来は何に成りたいの？」

「それは……まだ決まってないですね」

俺が勉強を頑張っていたのは、幼き日の彩花さんとの約束を果たすためだった。彩花さんと再会し、それが果たされた以上、俺が今も勉強を頑張る理由はない。

思えば、それって良くないよな……夢のない先行き不透明野郎なんかじゃこの超絶美人をオトせるはずがないのに、夢を持たないまま惰性で勉強って非常にダメな気がする。

「まだ決まってないなら、それはそれで良いと思うよ。まだ高一なんだし、その段階からしっかりと夢を持ってる方が珍しいんじゃないかな？」

「さくっと夢を叶《かな》えた彩花さんがそれを言いますか」

「さくっと叶えたからこそ、焦《あせ》らなくていいよって言いたいかな。ゆっくりと考えて、確かな夢を見つけた方がいいからね。じゃないと夢が叶っても、幸せにはなれないし」

「彩花さんは……幸せじゃないってことですか？」

「ううん、そんなことはない……よ？」

彩花さんは困ったように笑った。

そんな苦笑の真意が、この時の俺にはきちんと理解出来なかった。

「でもなんにせよ、夢がないってことは、結斗くんにはまだ無限の可能性が広がってるってことだよ。もやしと同じだね。主役にも脇役にも化けれる万能食材だっ」

「……もやしって主役張れますか？」

「張れるよ！　馬鹿にしないで！」

ポテンシャルの疑問視に怒りが湧くほどにもやしが好きなんですね……。

すごいな……思わず笑ってしまったし、なんだか元気がもらえた。

思えば幼い頃もこうだった気がする。

療養していた俺がどれほど弱音を吐き捨てても、彩花さんはひたすらにそれを受け止めて、応援の言葉に変えてくれた。年上の包容力とでも言うのか、何を言っても包み込んで癒やしてくれるその感じが、俺は小さい頃から大好きだった。

もちろん今も好きだからこそ、もっと距離を縮めたい。

俺たちの間にはまだまだ隔たりがある。彩花さんは俺を弟扱いしている。彩花さんから見れば俺なんて、あくまで友達の弟に過ぎないのかもしれない。

その意識を変えてもらうには、とにかく彩花さんに俺をアピールするしかないな。

「じゃあ彩花さん、オープニングトークはここまでにして、そろそろ勉強タイムに入らせてもらってもいいですか？」

「もちろんだよ。でも結斗くん、どんな夢を叶えたいか——これは宿題ね？」

「超難題ですね」

「無期限だからじっくり考えれば大丈夫。——じゃあ結斗先生、ここからは家庭教師、よろしくね？」

「先生はやめてくださいよ」

照れ臭い気分になってしまう中で、俺はふと疑念を思い浮かべる。

「そういえば、塾や予備校なんかには通ってないみたいですけど、何か理由でも？」

「え……、それはほら、私は自分で頑張りたいタイプだからね」

「俺の手を借りるのはいいんですか？」

「結斗くんは特別っ」

特別は嬉しいが、学業に専念を理由に休業しているのに、塾や予備校に通っていないのはどこか不自然だ。スケジュールの余裕はありそうなのにな。

ま、東大だの早慶だの難関大学を目指すわけでもないなら、塾や予備校には通わなくてもいいだろうし、彩花さんはそういうつもりなのかもしれない。

「とにかく結斗くんっ、その頭の良さをしばらくと言わず、ずっと貸してね？」

ふわりと甘やかな匂いを引き連れて、彩花さんが俺の隣にやってくる。

「頼れるのは結斗くんしか居ないの。京《みやこ》は生徒会だし、忙しいご両親に代わって家事もやってるんだよね？　他の同級生たちは自分の勉強で手一杯みたいで」

「任せてください。ただし、ビシバシ行きますよ？」

「うん、望むところ」

そんな返事を耳にしたのち、俺は彩花さんへの家庭教師を開始した。

たまにぶつかり合う肘と肘にどぎまぎしつつ——やがて午後七時を過ぎた頃、今日の勉強タイムは終わることになった。

「じゃあ今日はこの辺でおいとましますね」

「お夕飯は食べてかない？」

「訪れるたびにご馳走《ちそう》になるのは悪いですし、今日は遠慮しときます」

「でもそれだと、家庭教師のお礼はどうすればいいかな？」

「そんなの要らないですよ。お構いなく」

「んー……でもそれだと私の気が済まないし」

彩花さんはしばらく唸《うな》ったのちに、ポンと手を叩《たた》いてみせた。

「そうだ。じゃあ、こういうのはどうだろ」

「なんですか？」

「あ、あのね……」

緊張した面持ちで俺の前に歩み寄ってきた彩花さんは、ひょいっ、と爪先立ちしたかと思えば——直後に俺の頬へ、唇を一瞬だけ触れさ……………………え？

——えっ⁉

「な、何をして……っ⁉」

「ひとまず、その……今のがお礼ね？」

彩花さんは赤く染まった表情でそう言った。

「お、お礼って……こ、こんなのを毎回するつもりですか？」

「ま、毎回は恥ずかしいからダメ」

そ、そりゃそうか。助かる。俺も多分心臓がもたない。

「でもちっちゃい頃は……今みたいなこと、普通にしてたんだよ？　結斗くんが覚えてるかどうかは分からないけどね」

「お、覚えてますよ」

忘れようがない。療養していた俺に対して、彩花さんはふとした瞬間にキスをしてくる女の子だった。弟へのじゃれ合いみたいなモノだったと思う。今もそう……なのか？

「じゃ、じゃあ俺はとにかく帰りますんで。自習もしっかりしてくださいね」

気恥ずかしさを押しのけるかの如《ごと》く早口で言いつつ、俺は彩花さんの部屋を急いであとにした。無人のエレベーターに乗ったところで、高揚感が押し寄せてくる。

ぬおおおっ、過去のじゃれ合いの延長なんだとしても、今こうして成長してからのキスは嬉しい！　彩花さんは誰にでもキスをする尻軽ではないだろうし——あぁそうさ。だからこそ——今のキスは多少は異性として扱われている証《あかし》だと思いたい。

「ねえ結斗、なんでずっとニマニマしてるの？」

帰宅後、夕飯を食べ終えたタイミングで部活終わりの澪が我が家にやってきた。最近は日課と化している勉強会をやっているさなかの、それは俺を見て発せられた疑問だった。

「もしかしてアヤ姉との勉強会でなんか良いことでもあった？」

「ああ、よくぞ聞いてくれた。はは……実はな、俺はオトナになってしまったんだよ」

「お、オトナ⁉　もしかしてアヤ姉とえっちなことでもしちゃったの⁉」

「ああそうさ！　聞いて驚け水泳バカ！　俺はな、頬に！　キスをされたんだよ！」

「…………」

澪が冷めた目で俺を見つめ始めていた。

「な、なんだよ……」

「いや、なんか思った以上にショボい結果だったから」

「ショボくないだろ！　頬にキスだぞ！　福音鳴ってるって！」

「鳴ってないよ。浮かれ過ぎ。たかが頬にキスじゃん」

澪はどこかムッとしているように見えた。

「た、たかがってお前……頬にキスだぞ？」

「でも所詮は頬に、でしょ？　そんなんで喜ぶの童貞だけだよ」

「うっせぇわ！　お前こそ一生ユニコーンでロデオしとけ！」

「そのうちロデオ出来なくなったるもんね！　大体ユニコーンって結斗のことじゃん」

「誰が処女厨《しょじょちゅう》じゃ！　こちとら経験豊富なお姉様が一番好きだっつーのな！」

「じゃあアヤ姉が経験豊富でありますようにって祈っとけば？」

「は？　彩花さんは清らかに決まってんだろ！　勝手に穢《けが》すな！」

「やっぱり処女厨じゃん……まぁなんでもいいけどさ、とにかく頬にキスなんて大したことないってば。欧米なら挨拶みたいなもんだろうしね」

「あー出た出たその言い回し。ここ日本だぞ。よく居るよな、お前みたいに海外ではああだのこうだの講釈垂れる奴《やつ》。ここは日本なんだから日本基準で話したらどうだ？」

「日本基準だとしても、頰にキスなんて色んな解釈が持てる程度のレベルじゃないの？昼なら疑いようもないけど、頰だと好意のレベルが読みづらいじゃん」

「まぁ……確かにな」それには頷《うなず》かざるを得ない。「でもレベルはともかく、好意は確実に持たれてるはずだ。お前だって好きでもない奴の頰に、例えば俺の頰にキスしたいとは思わないだろ？」

「…………」

「なんで黙るんだよ」

「な、なんでもないし。確かに結斗の頰にはキスなんてしたくないけど、でもあたしはアヤ姉と違って、結斗とキスよりすごいことしてるし……例えばほら、小六まで一緒にお風《ふ》呂《ろ》に入ってたしね」

なんだよその張り合うような態度は。

「タオルで隠したりもしてなかったから、おっぱいとか普通に見られてたはずだし……だからアヤ姉よりもあたしの方がずっとずぅーっとすごいことしてるもん」

確かに見ていたが、当時の澪はまだタイラーさんだったから欲情もクソもなかった。

「それにあたしは、ほら……そん時に結斗のちんちんだって見てるし」

「だ、だからなんだよ！　いきなり変なこと抜かすな！」

「だからあたしの方がすごいって話ね……アヤ姉は結斗の頬にキスをしただけであって、アダルト度はあたしの方が高いままだもん」

なんだよアダルト度って。ワケの分からん指標を作るな。そもそもなぜ張り合う⁉

「ねえ結斗……たまにはお風呂、また一緒に入ってみる？」

「は、入らねえよ！」

この歳《とし》で一緒に入ったらあらぬ事故を起こしかねない。

「そっか……、残念」

なぜ残念がる⁉

「まあいいや。とにかくアヤ姉から頬にキスされたところで、それが進展に繋《つな》がってないならなんの意味もないじゃんって話ね。実際、別に進展はしてないんでしょ？」

「まぁ……してないな。あくまで家庭教師のお礼としてキスされただけだし」

「ならアプローチを続けようよ」と澪は言った。「次の家庭教師の約束はしたの？」

「いや……しないで帰ってきたな」

別れ際《ぎわ》にキスされた影響で、約束を取り付けることなんて頭からすっぽ抜けていた。

「途切れさせたらダメじゃん」

「ごもっとも……。あとでこっちから声かけておくよ」

「じゃあついでに攻め方を変えようよ。次はアヤ姉をここに呼んでみたらどう？」

「家庭教師の家に生徒を呼ぶのか？」

「だって結斗は今、アヤ姉のプライベートには踏み込めてるけど、自分のプライベートには踏み込んでもらってないじゃん？　だから呼んで踏み込んでもらうことで、もっと結斗のことを意識付けさせようって魂胆」

言われてみれば、俺が彩花さんの懐《ふところ》に潜り込もうとしてばかりだ。押してダメなら引いてみろ、ではないが、押しかけるばかりでなく、招き寄せることも大事なのかもな。

「でもどう呼べばいい……俺が我が家に誘うのは下心満載に見られたりしないか？」

「そこが気になるなら、呼ぶのに適した人材が一人居るじゃん」

と言われて少し考え込んでしまったが――

「そうか、姉ちゃんか」

彩花さんはそもそも姉ちゃんの友達だ。姉ちゃんなら簡単に呼べるのは間違いない。

姉ちゃんは俺の恋路に協力的な素振りを見せていたし、力を借りれるはずだ。

「そんじゃ、あたしはぼちぼち帰るから、ミヤ姉に頼むのは自分でやってよね」

じゃね、と澪が勉強を切り上げて帰っていく。

俺は姉ちゃんの部屋を訪ねた。

「なあ姉ちゃん、頼みがあるんだけど」

「どうしたの？　結斗の方から頼み事とは珍しいじゃない」

音楽を聴きながら勉強していた姉ちゃんは、イヤホンを外して俺を見た。

「実は、彩花さんを家に呼んで欲しいんだよ」

「なるほど、えっちなことがしたいのね？」

「ちげえわ！　勉強会をやりたいだけだ！」

「でも最終的にはえっちなことがしたいんでしょう？」

「本当の本当にいずれの最終的にな話だけどな！」

「それを否定しないのは潔《いさぎよ》さマックスね。いいわよ、ならわたしがひと肌脱いであげる」

「ホントか？」

「ただし、凱旋《がいせん》後の彩花を初めて我が家に呼ぶわけだから、その日はまず、わたしがたらふく彩花を堪能《たんのう》させてもらってもいいかしら？」

キラーン、と獲物を狙う眼差《まなざ》しの姉ちゃんに、俺は黙って頷くしかなかった。

姉ちゃんが彩花さんを我が家に呼んでくれたのは、三日後の日曜日のことだった。

親がいつの間にやら海外出張となっていた我が家は、休日のたまり場としては最適な場所と言える。そんな中に彩花さんが訪れたのは——昼下がり。俺が普段とは趣向を変えてリビングで勉強に取り組んでいる時のことだった。

「よく来たわね。彩花がうちに来るのは何年ぶりかしら」

「八年ぶりだよ八年ぶり。匂いや内装はあの頃と変わりない感じで、んー、落ち着くね」

玄関の方からそんな会話が聞こえてきて、なんだか胸の奥がじんわりとした。

彩花さんが我が家を訪れる——そんなのは八年前まで割と当たり前の光景だったが、まさかのお別れがあって、当たり前の光景ではなくなってしまった。

足繁《あししげ》く縁側に通ってくれていた猫が、急に来なくなってしまったような虚無感。

あぁきっと、もう会えないんだろうなと、そんな風に何度思ったことか分からない。

けれど、その光景がまたこうして帰ってきてくれるだなんて、嬉《うれ》しいにもほどがある。

俺は少し目頭が熱くなった。

「あ、結斗くん、こんにちは。今日はお邪魔させてもらうね?」

軽く目元をぬぐっていると、彩花さんがリビングに顔を覗《のぞ》かせてきた。瓶底みたいな丸メガネをかけて、髪の毛をふたつのおさげに結っていた。服装もシャツにジーンズで質素というか、どうやら地味な変装を施して我が家を訪れたようだ。そりゃそうだよな。十条アヤの姿で住宅街を闊歩《かっぽ》したら大騒ぎになるだろうし。

「澪ちゃんも居るんだね。こんにちは」

「こんちはアヤ姉！　あたしは結斗と勉強中っ」

との返答通りに、実は澪もリビングに存在している。

日曜の本日は、午前に行なわれた練習試合だけで部活は終わったらしい。しかし普段の澪であれば、練習が午前で終わろうとも、水泳バカらしく夕方くらいまで居残り練習をしているのが常だった。こうして空いた午後を俺との時間に割くのは珍しく、若干おかしいと言える。なんか先日から彩花さんへの対抗心みたいなのを感じるんだよな。勘違いかもしれないが、もしかしたら彩花さんが来るから澪もここに来たんじゃないか？

「——彩花っ、早く来なさい！　結斗からかすめ取ったわたしの十条アヤコレクションを見せてあげるわ！」

「おいアホ姉！　勝手にかすめ取ってんじゃねえ！」

「ふふ、相変わらず仲良いね？　——じゃあ結斗くん、澪ちゃん、私は京と遊んでくるね。勉強道具を持ってきてるから、あとで二人の間に混ぜてもらってもいいかな？」

願ってもない申し出だった。それなら誘う流れを無理に作らなくて済むし。

「大歓迎です。それと、俺のコレクションを戻すようアホ姉に言っといてください」

「了解。それじゃ、またあとでね」

彩花さんがリビングから出て、階段を上っていく。

「せっかくだし、澪も昔みたいに加わってきたらどうだ？」

「いい。ミヤ姉に邪魔するなって怒られそうだし」

二人がけのソファーに俺と並んで座っている澪は、そう言って問題集と向き合っている。

その様子を見る限り、別に普通か。彩花さんに張り合う様子は見られない。

「ねえ、それより結斗さ、アヤ姉にアピールする武器増やしとかない？」

それどころか、キューピットとして活動してくれるようだ。

もしかするとそのために自主練を中止して俺んちに？　だとしたら疑って悪かった。

「武器を増やすって？」

「なんかおやつ作っとこうよ、ってことね。スイーツを作れる男子はポイント高いよ。それにウィキを見る限り、アヤ姉って甘い物が好きっぽいしね」

「ウィキは大嘘《おおうそ》が載ってることもあるから鵜《う》呑《の》みはダメだぞ」

でも彩花さんが甘い物好きなのは本当のことだ。幼い頃に手作りのドーナツを差し入れてもらったことがあるし、作るのも食べるのも大好きって感じだった。

「けど、いきなりおやつを作れって言われても材料がないぞ？」

「ふふんっ。だと思って、ここに来る途中にこれを買ってきたのだよ！　じゃーん！」

そう言って澪がトートバッグから取り出したのは、ホットケーキミックスだった。

「卵と牛乳は普通にあるでしょ？　だから早速作ろうよ！　ね？」

「よし、じゃあ作るか」

俺と澪はキッチンに移動し、生地作りに取りかかる。

「なんか結斗と一緒に料理するのって新鮮で不思議な気分かも」

「まぁ、小学校の調理実習以来だしなこの感じ。中学からはずっと別のクラスだし」

そして普段もお互い料理なんてしないし、そりゃ新鮮な気分にもなるってもんだ。

「ねえ、結斗はさ……やっぱり料理が出来る女の子の方が好き？」

「まあな。それこそ彩花さんは料理上手だったし」

先日のもやしフルコースが思い起こされる。あれは旨《うま》かった。

「ふぅん……じゃ、あたしも頑張ろっと」

そう言ってボウルでの生地作りに励む澪。ここに来て負けず嫌いを発揮したか。彩花さんにぐらい大人しく負けておけばいいものを。何をそんなに闘志を燃やしているんだ。

「ほら、そんなに勢いよく掻《か》き回すなって。頬に飛んでんぞ。こっち向け。取るから」

澪をこちらに振り向かせ、俺は澪の頰に人差し指を這《は》わせて生地をすくい取った。

「ん。そう言う結斗こそ頰に飛ばしてるじゃん」

「ホントか？」

「うん。だから取ったげる」

澪はどこかイタズラっぽく微笑《ほほえ》むと、爪先立ちして俺の頰に唇をくっつけて——って何してんだこいつ！　とたじろいだその瞬間、頰に舌を這わせられ、生地を舐《な》め取られた。

「にひひ～、甘いね？」

「お、おまっ……何すんだよ！」

「良いじゃん別に。アヤ姉のキスはアリで、あたしのはナシとは言わないでしょ？」

こ、こいつ……どういうつもりだ……。

「それよりほら、アヤ姉のためにちゃっちゃとホットケーキ作っちゃおうよ♪」

澪はどこか上機嫌に笑い、フライパンを温め始めていた。

◇　彩花——一〇秒前　織笠《おりがさ》家一階廊下

京の部屋で過ごしていた彩花は、トイレを借りるために織笠家の一階へと降りていた。

そして偶然にも目撃してしまう。

キッチンで何かを作っている様子の結斗の頬に、澪がキスしたその瞬間を。

彩花は背を預ける形で慌てて壁に張り付き、リビングからの死角に隠れた。

(わ……)

(ど、どういうこと……?)

思考が混乱していた。今見た光景を冷静に処理出来ない。

(……キス、してたよね?)

間違いなく、澪が結斗の頬にキスをしていた。

会話までは聞こえなかったので、どういう経緯でそうなったのかは不明だが、しかし。

(なんとも思ってない相手にあんなことしないだろうし、つまり澪ちゃんは……)

そう考えた途端に、胸がきゅうっと窄《すぼ》まるような思いに駆られた。

それが嫉妬であることを正しく理解しつつ、彩花はトイレを済ませて京の部屋に戻ったあとも、悶々《もんもん》とした思いに包まれていた。

「どうしたの彩花?　なんだか落ち着かないようね?」

「え……ううん、別になんでもないよ?」

取り繕うようにそう言い返すものの、彩花は晴れない気分を背負い続ける。

目撃してしまった結斗と澪のキス。
それは今日が初めてのこと、だろうか。
あるいはずっとやっていたこと、だろうか。
もしずっとやっていたことであるならば、実は結斗と澪は付き合っている……？
(これが八年の差、なのかな……)
ずっと抱き続けてきたコンプレックスが疼《うず》いてくる。
結斗との八年の空白。
八年分の月日。
それが自分にはなくて、澪にはあるモノだ。
澪はこちらよりも八年分、結斗との関係が先に進んでいるようなモノなのだ。
(……羨ましい)
何度そう思ったことか分からない感情が、彩花の中で鎌首をもたげ始めていた。

◇　結斗

やがてホットケーキを作り終えると、澪は出来上がったそれを一枚だけ食べてからスイミングスクールに出かけてしまった。お邪魔虫《こ》になる前に退散――とのことで、つまるところ、これから訪れるであろう彩花さんとの勉強タイムの邪魔にならないよう、澪は自発的に居なくなってくれたようだ。

「……よく分からん奴《やつ》だな」

彩花さんへの謎の負けん気を発揮していたかと思いきや、キューピットとしての役割を自覚し、こうしてあっさりと居なくなる。お前は何がしたいんだよ。

しかし澪の厚意は大切にしたい。勉強はありがたく二人きりでやらせてもらおう。

ホットケーキはひとまず冷蔵庫にしまいつつ、俺は彩花さんの合流を待ちながら一人で勉強を続けた。

そんな中、魔が差したわけではないが、この家に今彩花さんが居るという事実に感化され、少しだけ昔の再現をしようと思った。

勉強を切り上げ、二階に向かう。そして自室に入り込み、ベッドに寝転がる。

たったこれだけのことだが、これでもう昔の再現は完了している。

隣室に居る姉ちゃんと彩花さんの会話を壁越しに聞きながら、自宅療養を強いられていたあの頃の俺――。ごろんと真っ白なシーツに寝そべって目を閉じていると、懐《なつ》かしい過去に戻ったような錯覚に包まれていく。

「…………」

あの頃の俺は、というかあの頃から俺は、ひたすらに勉強マシーンだった。自宅療養を強いられ、特にやることもないからと、ただただ勉強をしているだけの存在だった。

正直、つまらない毎日だった。俺が自宅療養に追いやられたのはあたしのせいだ――とあの頃は澪が特に自分を責めていた時期だったこともあって、澪は若干俺を避けて姉ちゃんとばかり遊んでいたから、尚更《なおさら》刺激がなくてつまらなかった。

でもある日――姉ちゃんが友達の彩花さんを連れてきたその日から、モノクロの日々は彩《いろど》りを取り戻していく。

姉ちゃんの友達なのに、彩花さんは弟の俺のことさえ気にかけてくれて――高頻度で俺の部屋にやってきては、その日にあった面白い出来事なんかを俺に聞かせて楽しませようとしてくれた。ただ語るだけじゃなく、彩花さん自身が話の登場人物に扮《ふん》して、さながら劇か何かのように演じてくれたっけ。

思えば、女優と化す片鱗《へんりん》はその頃にはすでにあったんだ。

そう考えると、彩花さんの観客第一号は俺だったのかもしれない。

それはどこか誇らしいことだった。

「……あれ……？」

そんな過去回想に耽《ふけ》っていると、部屋が夕暮れの雰囲気に包まれていることに気付く。時間がかなり進んでいる。

まさか寝てた？　目を閉じたまま、自分でも気付かないうちに、俺は寝落ちを……？

「——あ、お目覚めかな？」

と、急に声をかけられ、俺は驚いて体を震わせてしまう。

「ふふ。そんなに驚かなくても大丈夫だよ。私だから」

寝ぼけまなこを動かしてみると、いつの間にかベッドの横に変装を解いた彩花さんが存在していることに気付いた。膝立ち状態の前傾姿勢で、碇《いかり》ゲンドウ風にベッドに肘をつきながら、俺の顔を楽しそうに覗《のぞ》き込んでいる。ち、近い……。

「こ、これはどういう状況で……？」

「京との時間を切り上げて結斗くんに勉強を教わろうと思ったら、結斗くんが眠っていたからジッと観察していた私と、ジッと観察されていた結斗くん、という状況かな」

「な、なるほど……」

「寝顔、幼い頃の面影があって可愛《かわい》いままだったよ？」

「ど、どれくらいの時間、俺の観察を……？」

「うんとね、一〇分くらいかな」

……割と見られていたようだ。

「懐かしくって、思わず見とれてしまっていたの。覚えてる？　こうやってベッドの上の結斗くんによくお話をしてあげてたこと」

「そりゃ……忘れるわけがないですよ」俺は寝転がったまま応じる。「……あの頃はなんというか、彩花さんと会って話をすることだけが生き甲斐《がい》でしたし」

「生き甲斐だなんて大げさな。でもそうまで思ってもらえていたのは嬉《うれ》しいね。それにこの部屋、十条アヤグッズもたくさんあるし、結斗くん、私のこと好き過ぎない？」

どこか茶化すように微笑みながら、彩花さんが立ち上がる。ローテーブルのそばにでも座り直すのかと思いきや、

「ねえ結斗くん」

と、彩花さんは女豹《めひょう》のように這いながら、ベッドの上に登ってきた。

え、と困惑する俺をよそに、彩花さんは四つん這いのまま、寝転がる俺を跨《また》いで、顔と顔を極限まで近付けてくる。女豹と言いつつ、それはさながら獲物を捕食しようとする女郎蜘蛛《じょろうぐも》のようだった。重力に引かれて垂れ下がったシルクのような黒髪が、俺の頬をはらりと撫《な》でてくる。尋常ならざる色気に気圧《けお》され、俺は動けなくなった。

「あ、彩花さん……？」

「ねえ結斗くん、勉強を教わる前にひとつ教えて欲しいんだけどね」

「な、なんですか？」

「結斗くんにとって、澪ちゃんって何？」

怖いくらいの真顔で質問された。

「それは、その……前にも言いましたけど、澪は家族みたいなもんで……」

「家族とキスするの？」

「え」

み、見られていたのか、まさか澪とのアレを……っ⁉

「ま、待ってください彩花さんっ。違いますから！　アレは澪がホットケーキの生地をイタズラに舐め取っただけであって……！」

「ふぅん……ほんとに？」

「ホントです！　とにかく澪とはそういう関係ではないので！」

どこかムッとした表情の彩花さんにそう告げる。

「ほんとのほんとになんでもないの？」

「ホントのホントになんでもないです！」

「じゃあもし嘘《うそ》だった時はセンブリ茶飲ますね？　知ってる？　滅茶苦茶《めちゃくちゃ》ニガい奴」

おぞましい文言を添えて、彩花さんが俺から離れていく。

「じゃ、勉強やろっか？」

ローテーブルの脇に腰を下ろしつつ、彩花さんはにこやかにそう言った。

き、切り替えが早過ぎて怖い……。

俺は恐る恐る彩花さんの対面に移動していくものの、

「ねえ、なんで正面に座るの？　隣に座った方が教えやすいよね？　逃げないでよ」

「は、はいっ……」

まだ若干の圧を感じる……こ、怖い。今の彩花さんマジで怖い。

にしても……今しがたの追及は一体なんだったんだ。

もしかして嫉妬？　キスの光景を見て、澪にやきもちを妬《や》いた……？

いや、どうなんだ……もしそうなら割と脈はありそうだけれど、しかしまさか「澪に嫉妬したんですか？」なんて聞けるはずもなく——

俺は悶々としつつも、温め直したホットケーキを用意し、大人しく彩花さんとの勉強タイムに打ち込むしかなかった。

幕間《まくあい》2　彩花《あやか》の本心

「別に送ってくれなくても大丈夫だよ？」

「いや、さすがに暗いですから送らせてください」

織笠《おりがさ》家での勉強会が終了し、彩花は帰路についていた。隣には結斗《ゆいと》も居る。夜道を送ってもらっているからだ。日曜の本日は黒川《くろかわ》も休みであるため、送迎はない。その事実を知った結斗が、こうして夜道の付き添いを申し出てきたのだ。

「彩花さんに何かあったら大変ですし、マンションまでしっかりと送りますから」

頼もしい言葉だった。

それに頬を緩めつつ、彩花は気分良く夜道を進んでいく。

「そういえば、澪《みお》ちゃんは気付けば居なくなっていたけど、どこに行っちゃったの？」

「スイミングスクールですね。多分まだ泳いでます。あいつ水泳バカですから」

訳知り顔でそう呟《つぶや》く結斗を見ていると、彩花は少し寂しい気分になってくる。

澪のことを理解し、事情を把握しているからこそ、数時間やり取りがなくても、どこで何をしているのかが分かるのだろう。

逆もまた然《しか》りで、澪もきっと、結斗のことは大体把握しているのだと思う。

なんせ二人は幼なじみだ。

途中で引っ越しを強いられた彩花には築けなかったモノ。

こうして帰ってきたところで、今から八年のブランクを埋めるなんて不可能だ。

だからこそ、決して離れることなく一緒に居られた結斗と澪が羨ましい。

あるいは、妬ましい。

妬みの対象は澪だ。彩花が弟のように可愛がっていた結斗と、最低でも八年、彩花よりも多くの時間を一緒に過ごせているのだから。

(私だって……引っ越さないまま結斗くんとたくさんの日々を過ごしたかったのに)

過去の記憶は今もまだ鮮明に思い返すことが出来る。

初めて会ったのは忘れもしない、彩花が小学一年生の時のことだった。

小学校に入学し、最初の友達となった京《みやこ》——そんな彼女の家に遊びに行ったら、そこには自分の部屋で療養生活を強いられている少年、結斗が居た。

体の調子が優れず、基本的には部屋にこもりきりだった結斗に対して、彩花は初めから興味を惹《ひ》かれたのを覚えている。溺れた澪を命懸けで助け、その結果として自宅療養を強いられる体になってしまったという、そのヒーロー性に惹かれたのはもちろん、単純に可《か》哀想《わいそう》で、庇護《ひご》の対象として捉えていた。

だから彩花はそんな結斗を少しでも笑顔にしたくて、よく構うようになっていく。

最初は勉強の邪魔だと邪険に扱われており、まともに喋《しゃべ》ることすら叶《かな》わなかったが、それでも根気良く接していたら、いつしか普通に話すようになってくれた。

一度心を開けば、結斗は穏やかで可愛げのある少年だった。彩花の話によく相づちを打ってくれて、笑ってくれて、たまにイタズラな接触を図れば、初々《ういうい》しい反応を見せてくれるのがたまらなく可愛らしくて——だからなのか、ある時から彩花は、京や澪と遊ぶことよりも躍起になって、結斗との時間を優先していたように思う。

それだけ、結斗のことを可愛がっていた。

どうしようもなく庇護したい存在だったと言える。

ずっと一緒に過ごせるものなら過ごしたかったし、成長を見届けたかった。

けれどそれは叶わず、引っ越しを余儀なくされた。

引っ越してからも、結斗のことを忘れたことはなかった。直接的な連絡は取れずとも、京にさぐりを入れて逐一情報を手に入れる程度には気にかけて過ごしていた。

けれど彩花がそうしていた一方で、澪は、いつもリアルタイムで結斗の情報を更新出来ていたのだと考えると、羨ましいし、妬ましい。

彩花が持たない結斗との八年間を、澪は持っているのだ。

(なら二人きりの時くらい、結斗くんにちょっかいをかけさせてもらってもいいよね？)

イタズラっぽくそう考えて、彩花は隣を歩く結斗の手を軽く握ってみた。

「――っ。彩花さん何を……っ⁉」

「何かな？　手を繫《つな》ぐのは迷惑？」

「め、迷惑だなんてそんな！　むしろ嬉しいですけどっ、な、なぜ手を……？」

「夜道が怖いから、気を紛らわせるためにね」

なんて告げてみたが、そんなのは真っ赤過ぎる嘘で、これは澪への当てつけだ。鬼の居ぬ間に洗濯だ。結斗と二人きりの時はこれまでも澪を出し抜くつもりで接触を図っている。

結斗はどうやら照れているようだが、そんな姿も可愛らしい。

しかしもう、可愛らしい、と形容するような存在ではなくなっている。

元気に成長し、背はとっくに追い抜かれ、頭も良くなって、全体的に凛々《りり》しく、男の子らしく育っているのが今の結斗だ。これまでに見たどんな男性芸能人よりも魅力的だ、とまでは言わないが、彩花にとっての一番は結斗なのだと、心の底からそう思っている。

こうして夜道を送ってくれるし、勉強だって教えてくれる。

昔は彩花が結斗を気遣い、手を差し伸べていたが、今は逆だった。

結斗に気遣われ、助けられている。

（男子、三日会わざれば刮目《かつもく》して見よ、ってことかな）

三日どころか、八年だけれど。

それだけの期間があればこそ、結斗は成長し、彩花を逆に庇護する存在となって隣に並んでくれている。

（もう……弟扱いはやめるべきだよね）

自分の感情的にも、そうするべきだ。

（私はきっと、結斗くんのことが……）

しかし、その感情を表に出してはいけないと思っている。

なんせそんなモノを表に出してしまったら、

（私はきっと――）

結斗くんを不幸にしてしまうから。

第4話　先行き不透明野郎は決して小さな夢を見ない

一週間ほどが過ぎ、六月も下旬に差し掛かった。

週末の昨日に行なわれた水泳の地区大会で、澪《みお》が五〇メートル・一〇〇メートル自由形の種目でしれっと地区新記録を出して優勝したらしい。快活マーメイドは今年も危なげなく全国の舞台まで上り詰めていきそうだった。メディア露出も増えるだろうか。

「で、あたしが部活に精を出していた間、アヤ姉と何か進展したの？」

新たな週の、通学途中。

暑さと戦いながら澪と並んで学校を目指しつつ、俺は首を横に振っていた。

「いいや、家庭教師を何度か続けたけど、これといって進展はないな」

「ふぅん、キューピットの澪ちゃんが居ないとやっぱり何も出来ないの？　なら今日から復帰だし喜びたまえよ、ふぉっふぉっふぉっ」

バルタン星人かお前は。ともあれ、昨日の地区大会に備え、ホットケーキ作り以降は部活をガチっていた澪だが、本日より部活に勤《いそ》しむ必要がなくなる。——というのも、来週に期末テストが控えているので、今週から全面的に部活が強制休みになるのだ。

だからこそ、彩花《あやか》さん攻略の突破口を開くなら今週と言えた。澪はスポーツ特待生だし、俺は一年の期末テストなんて今更勉強しなくても点数は取れる。つまるところ、テスト勉強に使う時間の一部を、俺たちは攻略に割り振っても平気な人種なのだ。

「言っとくけどな、お前が居ないと彩花さんとの仲が進展しないんじゃなくて、キューピットのお前と歩みを合わせようと思って進展させなかった、が正しい」

俺は協力者の澪をないがしろにしたくはなかった。だから大会前の部活に全集中させたし、独断進展も狙ったりしなかった。

「そ、そうだったんだ……ありがと」澪が照れ臭そうにお礼を言ってきた。「じゃ、ここからはまた精一杯尽力させていただきますかな」

「頼むぞ。不沈要塞彩花さんの陥落は夢物語じゃないかもしれないんだ」

なんせ彩花さんは先週、澪に嫉妬する素振りを見せている。あれが事実として嫉妬なら脈はありそうだし、ゴールはそう遠くないだろう。しかし嫉妬がただの勘違いである可能性も否定出来ない以上、脈ありか脈なしかを見極めなければならない。

そのための簡単な方法は——

「デートにでも誘う？」

その通り、と俺は頷《うなず》いた。時はすでに大胆な一手を打つべき局面に差し掛かっているはずだ。だから俺は打って出る。彩花さんの様子を見るに、賭ける価値はあると思う。

「でもデートに誘うって言ってもさ、アヤ姉は今週勉強したいだろうし、来週は期末本番だしで、いつどこに誘うの？」

「期末終わりの週末に夏祭りがあるだろ、それに誘う」

俺が今考えている計画は、期末後の週末――つまりは七月の上旬に、この街で開催される夏祭りにどうにかして彩花さんを誘う、というプランだ。

「だからお前と練る彩花さん攻略計画の論点は、どうしたらデートの誘いにＯＫをもらえる確率が上がるか、って点だよ」

「良さげな誘い文句でも考えてみる？」

「だな。じゃあ放課後に練ってみるか」

そんな感じに予定を決めつつ、俺たちは通学を続けた。

「一年のこんな時期から進路希望調査だってよー、結斗《ゆいと》はどうすんだ？」

ホームルーム後の休み時間。

先ほど配られた進路希望調査票を手に持ちながら、級友の正人《まさと》が近付いてきた。

「まぁ進学だよな？　だろ結斗？」

「分からん」

「は？　学年一位様が分からんってなんだよ。栄えある海栄《カイエイ》の主席なら大体どこにでも進学出来る頭なんだから迷う必要なんかねえだろ」

「でも夢がないからな、俺にはまだ」

「この紙にゃ別に夢を書く必要はないんだぜ？」

「夢がないのに進路だけ決めてどうすんだよ」

「うお、なんか今グサッと来たぜ。鋭いこと言いやがるな結斗」

その反応を見るに、正人もまだ〝成りたい自分〟がないのかもしれない。

「でもよ、夢なんて大学に入ってから考えてもいんじゃね？」

「俺はそれじゃダメなんだ」

「なんで？」

さあな、と誤魔化して、俺は窓の外に目を向けた。

夢を決めるのなんてまだまだ先でいいだろって、俺もそう思っていたが……やっぱりそれじゃダメなんだよな。

なぜって、俺は彩花さんを手中に収めようとしている人間だからだ。

彩花さんは今更言うまでもなく凄《すご》い人だ。若手トップ女優。そんな人を射止め、共に歩もうとするならば、ドデカい夢を叶え、甲斐性《かいしょう》を身に付ける必要があるだろう。

高校生同士の恋愛なんぞ、進学先が違えばそこで終わりなことも珍しくない。それで言えば彩花さんなんて芸能界に復帰しようとしているのだ。生きる世界が今偶然にも重なり合っているが、また高嶺《たかね》の世界に行かれたら今の俺にはどうしようもない。

だからこそ、俺はそれまでに魅力的な存在にならなければならない。復帰した彩花さんと並んでも恥ずかしくない存在に、俺は今すぐにでも変わるべきだ。

夢の先延ばしは終わりだ。やる気を出そう。彩花さんをモノにしたければもう一段階ギアを上げるのは絶対必要だし、かのアリストテレスがこんなことを言っている。

——人間は、目標を追い求める動物である。目標に到達しようと努力することによってのみ、人生が意味あるものとなる——と。

それを俺なりに意訳するならば——夢のない者に生きている意味はない、となる。

目指すべき夢を持たない人間なんて死体も同然——そして俺は死体だった。

けれど生者に戻るよ。成りたいモノを見つけて、初恋を叶えたいからな。

しかしそうは言っても、彩花さんと並び立つための夢ってなんだろうか。難しいな。

白紙の進路希望調査票をひとまずしまって、俺は午前の授業をこなしていく。

やがて昼休みを迎えたところで、姉ちゃんのもとを目指す。頼み事があるからだ。

学食で彩花さんと一緒に居るのを見つけたのち、姉ちゃんだけを手招きして学食の外に呼び出した。

「どうしたの？　え？　彩花をこっそり裏手の倉庫に呼び出してえっちがしたい？」

「言ってないから黙って聞いてくれ。頼み事があるんだ。俺に代わって今日から彩花さんの家庭教師をやってくれないか？」

そうとしか告げなかったものの、姉ちゃんはまるですべてを把握したように頷いた。

「いいわよ、ぼちぼち大きな一手を打つつもりで、何か下準備をするんでしょう？」

「ああ、チマチマしてたってしょうがない。デートに誘うために色々練ろうと思ってる」

「変わったわね。彩花に連絡するかしないかでウジウジしてた頃からまだひと月も経《た》ってないのに」

姉ちゃんはどこか誇らしげだった。

「更にどこまで変われるか、是非見せてちょうだいな」

「見せたいが、そのためにはピースが足りてなくてさ」

「ピース？　ニューヨーカーと芥川《あくたがわ》賞作家？」

「ちげえよ。夢のことだよ。将来の夢をきちんと持たない奴《やつ》が彩花さんを射止められるわけがないって思ってる。で、俺にはその夢が欠けてる。だから彩花さんと並び立つのにふさわしい夢を探してるんだが、見つからなくてさ……姉ちゃんには夢ってあるか？」

「彩花のマネージャーよ」

尋ねたそばからそう答えられ、俺は目が点になった。

「は？　なんだって？」

「わたしは大好きな彩花を追いかけたいの。だから彩花のマネージャーを目指すわ」

欲望に忠実過ぎんだろ……どんだけ彩花さんが好きなんだよあんた。

でも目から鱗《うろこ》というか、確かにそういう手もあるっちゃあるのか。

「なんか、姉ちゃんのおかげで少しだけ道がひらけた気がするよ」

「そう？　なら良かったわ」

それから姉ちゃんと別れて、俺は教室に戻り始める。

彩花さんを追いかけること自体を夢にする――それが姉ちゃんのやり方。まぁ……個人的にマネージャーはないけどな。並び立つっていうより、それは支えるって感じだし。

俺は彩花さんを支えたいんじゃなくて――並び立ち、そして引っ張りたいんだ。

いつだって目立つことを強いられている彩花さんよりも前に出て、矢面に立つ負担を少しでも軽減させてあげられたら最高だと思うんだ。

そのためにはどんな夢を抱くべきなのか？

その点については、もう少し詰めていく必要がありそうだ。

◇

放課後を迎えた。

帰り支度を整えていると、俺のもとに正人以下数名の級友がぞろぞろと集まってきた。

「なんだよお前ら。まあ言わんとしてることは分かるけどな」

「なるほど、凡人の考えなどお見通しというわけか。さすがは結斗、いや、結斗学年一位大先生様であらせられる。ならば――オレたちの望みを聞いていただきたい！」

妙に媚びへつらった態度でそう言った正人は、直後に予想通りの言葉を口にした。

「頼む、オレたちに勉強を教えてくれ！　期末に希望の光を！」

「やっぱりな。そう言われるであろうことは予想済みだった。でも俺には予定があるから教えることは出来ない」

「そんな……！」

絶望したように頭を抱える正人たち。

「えぇー、ユイユイ予定あんの？　うちらも頼ろうとしてたのになあ」

上位カーストの権化《ごんげ》にして内申目的でクラス委員長をやっている中間考査七位の砂川《すながわ》楓《かえで》も、落胆したように肩を落としていた。緩い見た目のくせに貪欲なところは嫌いじゃない。何をそんなに頑張ってんだよ感もあるが、頑張る理由なんて人それぞれだしな。

「まぁ、そう気を落とすなよ。これで良ければやるから」

俺はカバンを漁《あさ》ってひとつのＵＳＢメモリを取り出すと、それを砂川に手渡した。

「ん？　ユイユイ何これ？」

「それには期末の傾向を予測して作った全教科分の対策問題と解答のデータが入ってる」

澪に多少は期末の勉強をしてもらおうと思って作っておいたモノ、を流用した奴だ。

「必要とする奴らの分だけコピーして分けてやってくれ、それ砂川にやるから」

「マ⁉　いいの⁉　神じゃんユイユイ！」

「ニーチェ曰《いわ》く神は死んだ。とにかくそれで勘弁してくれ。俺は忙しいから。じゃあな」

ありがとー！　と感謝の声を幾つも背中に投げかけられつつ、澪のクラスを目指す。今日は珍しく澪の方からまだ来てくれないので、俺の方から迎えに行く感じだった。

「すまん、澪居る？」

スポーツクラスの教室に顔を覗《のぞ》かせ、近くに居た水泳部の女子に聞いてみる。

「あれ、旦那様知らないんだ？　えっとね、奥様は保健室に居ると思うよ」

「旦那様はやめろってば。奥様もやめろ。そんな関係じゃないから。――てか保健室？」

「うん。六時間目の途中にめまいがするからって、自分で歩いてったんだよね」

え、と驚きつつ、情報提供のお礼を告げて、俺は急いで保健室に向かった。

すると澪がちょうどベッドから起き上がって上履きを履き直しているところだった。

「あ、結斗。来てくれたの？」

「もう大丈夫なのか？」

「うんっ、もう平気！」

澪はボディビルダーみたいなポーズを決めて元気そうだった。

「でもホントに平気か？　めまいって聞いたが、原因が分からないのは怖いぞ」

「もーまんたい。心配ご無用だから」

ホントかよ。でも当人は普通に歩いて教室に戻ろうとしているし、まあ大丈夫か。

それからカバンを回収してきた澪と一緒に、俺は下校を開始した。

「で、結斗はアヤ姉をデートに誘いたいわけだよね？　脈のありなしを確認するために」

「そのためでもあるが、ぶっちゃけ普通に夏祭りデートがしたいだけだ」

そのデートを断られないための誘い文句を練ったりするのがこれからの時間だ。

「フラれたらあたしと夏祭り行く？　澪ちゃん保険があればフラれても安心ってことで」

「失恋保険って新しいな……でも今のうちからフラれた場合の話はやめてくれ」

「まあまあそう言わずに。ご利用のほどお待ちしております！」

「してたまるか！」

「それでさ結斗、ちょっと話は変わるんだけどね……アヤ姉があたしに嫉妬してるかもって話だけどさ、それが事実ならアヤ姉って……あたしのこと嫌いなのかな」

「いや……、仮に嫉妬してても嫌いってことはないと思うがな」

「……そうかな？」

「親しい仲でも嫉妬することはあるだろ？　スポーツのライバル関係みたいに」

「まあね」

「だから心配するなよ。大丈夫だって。何かあっても俺がなんとかするから」

「うん……、ありがと」

ひとまず明るい表情で頷《うなず》いた澪と一緒に、俺はやがて我が家にたどり着く。

澪を部屋に通してから麦茶を用意し、改めて話を進めた。

「でだ澪、早速だが誘い文句を練り上げたい」

あぐらを掻《か》きつつそう告げると、澪は麦茶を飲みながら、

「でも今更だけどさ、誘い文句ってわざわざ練るモノ？　──かまぼこじゃあるまいし」

「別に上手《うま》いたとえじゃないからドヤ顔やめろ。とにかく、緊張して上手く言えない可能性に備えてあらかじめ練っておくんだよ」

「それってむしろ、緊張しないメンタルを鍛えた方が手っ取り早いんじゃないの？　たとえばあたし相手に誘い文句を言いまくってみるとかさ」

「……死んだ方がマシなくらい恥ずかしいなそれ。拷問かよ。ＫＧＢも真っ青だな」

「卵かけご飯？」

「ＴＫＧじゃねえよ！　ＫＧＢはソ連国家保安委員会の略称で、俗に言う秘密警察だ！」

「ちょっと何言ってるか分かんない」

「史実の理解を放棄するなよ！」

「とにかくっ、あたし相手に誘い文句をさらりと言えないようじゃ、アヤ姉本人になんて尚更《なおさら》言えるわけないと思うけどね。絶対あたしに言うより緊張するはずだし」

「まぁそれは……」一理あるかもしれない。「じゃあやるよ反復練習、やってやるさ」

「言ったね？　そんじゃ、張り切って行ってみようっ！」

　というわけで、俺は霽めがけて誘い文句の練習を行なってみることにした。

「じゃあ言うぞ──えっと、その……あああ彩花さんっ、俺とデートしてくれま──」

「はいカット」澪がジト目でねめ付けてきた。「どもり過ぎ。しかも〝彩花さん〟ってなんなわけ？　あたし、アヤ姉じゃないんだけど？」

「いや……、彩花さんを想定しての練習にしないと意味ないだろ」

「あたしとしては、あたし自身が誘われてる感じの方が批評しやすいかなって。それに言っとくけど、あたしはアヤ姉の代替物じゃないんだからアヤ姉扱いはNG」

「別に代替物とは思ってないが……まぁ分かった。じゃあ澪を誘うテイでやるよ」

「お願いね」

静かに頷いた澪に、俺は改めて誘い文句を告げようとする……澪を誘うテイか。

なんだかさっき以上の恥ずかしさが込み上がってきたものの――ええい、ままよっ！

「じゃあ行くぞ――澪、好きだ！　俺と一緒に夏祭りの花火を見に行かないか！」

「～～っ――!?」

しゅばっ、がちゃんっ、と勢いよく立ち上がった澪が、俺の部屋のウォークインクローゼットに閉じこもってしまう事案が発生した。

「ど、どうした……？」

急な行動に驚いていると、澪がドアを若干開けて顔を半分だけ出してきた。その表情は最盛期のリンゴみたいに紅潮しており、羞恥に包まれているのがひと目見て分かった。

「す、好きだって何さ！　デートへの誘い文句なのになんで告白してるの！　意味分かんない！　あたしをもてあそんでるわけ⁉　ばかばかっ！」

「さ、誘い文句のバリエーションの一種に過ぎないから初々《ういうい》しい反応はやめろよ！」

真に受けて顔真っ赤にすんなや！　こっちまで照れ臭くなるだろうが！

「……そんな反応になるなら、やっぱり彩花さん呼びでやった方が良くないか？」

「ヤダ」それはもう食い気味に言われた。「あたしはあたしだから、それは……ダメ」

少しムッとしてもいる。

さっきの代替物云々《うんぬん》といい、彩花さんに対抗心を燃やしている匂いがするな。

この間もそうだったが、何をそんなに対抗してんだよ。

また明日の放課後に誘い文句の練習をやることにしつつ、澪とは別れたその日の夜。

明日に備えてベッドに寝転がったその瞬間、枕元のスマホが着信を知らせた。

確認してみると、彩花さんからの電話だった。

「こ、こんな時間にどうしたんですか？」

俺は通話に応じた。もし緊急事態ならすぐに駆け付ける準備は出来ている。

『あ、遅くにごめんね？　今大丈夫？』

「別に大丈夫ですけど、何かありました？」

『ううん、特に何もないの。今日は結斗くん成分があまり補充出来なかったから、寝る前に声が聞きたくてね』

は？　なんだその嬉《うれ》しい理由は。高揚して眠れなくなったらどうしてくれるんだ。

『結斗くんは今日、澪ちゃんと過ごしていたの？』

「そうです、用事があったので。そっちはどうでした？　姉ちゃんの家庭教師とか」

『んー、京《みやこ》の教えは分かりやすかったけど、セクハラがすごくてちょっと疲れちゃったかも。遊ぶ分には良いんだけど、勉強ってなるとやっぱり結斗くんに教わりたいかな』

「ね、姉ちゃんがすいません……」

『ふふ、別に良いんだけどね。楽しかったし』

そんな明るい声にホッとしていると、彩花さんは続けてこう尋ねてきた。

『で、澪ちゃんとは何をしていたの？』

「それは、えっと……強敵を籠絡《ろうらく》するための特訓みたいなアレを」

『何それ？　よく分からないけど、澪ちゃんとデートしてた、とかではないんだね？』

「してないですっ、断固としてしてないです！」

『そっか。じゃあひとまず安心かな』

……安心？

『それじゃ、迷惑になっても悪いしもう切るね？　遅くに出てくれてありがとう。じゃ、おやすみ。今週のどこかで家庭教師やってくれるの待ってるから』

あぁ……通話があっという間に終わってしまった。若干寂しい一方で、彩花さんがやたらと俺と澪の動向を気にしていたことが、なんだか引っかかる。

やっぱり澪に嫉妬しているのか？　なら脈はある？　デートに誘える確率は高い？

澪を嫌悪《けんお》している感じはそれほど感じなかったが……実際はどうなんだろう。

色々とハッキリしないモヤモヤ感を引っ提げつつ、この日は寝て、翌日を迎えた。

そして放課後になれば、自宅でまた澪相手に誘い文句の練習を行なう。昨日に比べれば慣れもあるのか、恥ずかしさは少なくなっていて──

「うん、もう大丈夫なんじゃない？　言い方が堂々としてきたし」

更に翌日の放課後、俺は訓練三日目にして合格を言い渡された。

「結斗はもう、藤堂《とうどう》流ジゴロ術の免許皆伝じゃよ。わしが教えることはもうない」

「意味不明な流派を作るな」

しかし自信がついたのは事実で。

夏祭りは来週末。早めに誘うだけなら期末にも影響は出まい──そう考え、『明日、家庭教師に行かせてもらっていいですか？』と俺はラインで彩花さんにアポを取る。

『もちろんOKだよ！　楽しみにしておくね』との返事がすぐに返ってきた。

「よし、これで誘うためのシチュエーションは整ったな」

「ねえ、今更なんだけどさ……ホントに誘っちゃうの？」

どこか寂しげな瞳で澪が尋ねてきた。

「もし誘うのに成功したら、今年はあたし、結斗とはお祭りに行けない……よね？」

「……まあな」

例年、その夏祭りには澪と一緒に出かけていた。しかし彩花さんを誘うことが出来たなら、今年はそうはならないだろう。

もし彩花さんを誘えた暁には、澪との埋め合わせを考えておくべきか。


俺が砂川にやった期末対策のデータがウィルスか何かのように一年生全体に波及しつつあるとの噂《うわさ》を耳にしつつ、翌日の放課後を迎えた。

彩花さんの先生役を解除された姉ちゃんが「みおすけで我慢してあげるわ」と澪を引きずって下校していく光景を見送ったのちに、俺は彩花さんのマンションを目指した。

到着したあとは、オートロック解除のやり取りなんかを経て、最上階にある彩花さんの部屋を訪れたのだが――

「な、なんですかその格好……っ⁉」

出迎えてくれた彩花さんは、バスタオル一丁で全身が濡《ぬ》れ濡れの状態だった。

「ちょうど帰宅後のシャワーを浴びていたの。こんな格好で出迎えちゃってごめんね？」

そう呟《つぶや》く彩花さんから俺は目が離せなかった。

なんて色気だ。長い黒髪をアップにまとめてうなじを露呈させたその姿は般若《はんにゃ》すら微笑《ほほえ》みそうなレベルで素晴らしい。肌に張り付いたバスタオルが、ほどよい大きさの胸やくびれた腰元の輪郭をくっきりさせているのが蠱惑《こわく》的。そして心もとないバスタオルの裾から盛大に晒《さら》された太ももなんぞ、綺麗《きれい》で柔らかそうで正直エロい。

「こら、少しイケナイ視線を感じるよ？」

目を細め、どこか嗜虐《しぎゃく》的な笑みと共に彩花さんが顔を詰め寄らせてくる。

「結斗くんもやっぱり男の子なのかな？」

「えっと、それは……」

「ま、とにかくくつろいでてね？　私はもうちょっとだけシャワー浴びちゃうから」

俺を惑わせて満足出来たのか、彩花さんは悠然とお風呂《ふろ》場に戻っていく。

一〇分ほど待っていると、彩花さんがラフな部屋着姿でリビングにやってきた。Tシャツにホットパンツで、普通ならズボラな印象を受ける格好だが、彩花さんが着るとなんだってスタイリッシュというか、映えて見える。

「ごめんね結斗くん、いきなり待たせちゃって」

「いえ、問題ないですから」

「優しいね」と彩花さんは静かに微笑んでくれた。「じゃあ早速、結斗先生に教鞭《きょうべん》を振ってもらおうかな。期末を良い形で乗り切るためにね」

こうして数日ぶりの家庭教師を開始したそんな中で、デートに誘うタイミングに悩む。

勉強中に告げるのは彩花さんの妨げになるだろうし、やっぱり帰り際《ぎわ》だろうか。

ちくたくと時計の針が進む中、やがて七時を迎えたところで今日の勉強会は終わり、

「お夕飯、食べてく？　今日は冷蔵庫の中身があるから、すぐに作れるんだけど」

「じゃあお言葉に甘えます。お腹《なか》空いてるので」

そう告げると、彩花さんは嬉しそうに表情を綻ばせ、「じゃ、張り切って作っちゃおうかな」と調理を始めていく。メインの食材は案の定もやしのようだ。

姉ちゃんに夕飯は要らないと連絡し、彩花さんを手伝う。

前回とは違うもやし料理が食卓を彩《いろど》ったところで、俺たちは食事を開始した。

「やっぱり美味《おい》しいですね」

もやしオムレツを頬張って、その味にケチの付けようがないことを悟った。

「でももやしばかりで飽きません？　彩花さんならもうちょっと贅沢《ぜいたく》したって……」

「贅沢はね、しないことにしてるの。出来ない、の方が正しいかもしれないけど」

「出来ない？」

「……ねえ、それより」と彩花さんはぶった切るように話題を変えた。「結斗くんはどんな夢を叶《かな》えたいか、決まった？」

「それはまぁ、見えてきてはいますね」

決まったとは言えないが、方向性はもはや揺るがない。俺は彩花さんを追いかける。並び立つために、夢を摑《つか》む。その夢も、候補は絞れてきている。

「そのうち必ず伝えますから」

「うん、楽しみ」

やがて食事が終わり、俺は帰り支度を整えた。

玄関まで見送りに来てくれた彩花さんを、夏祭りに誘うことにした。本日の最重要目的はこれだ。このタイミングであれば、もしダメでもすぐに逃げられる。そんな後ろ向きな思考で、俺は緊張と共に言葉を吐き出そうとする。結局緊張している。でも澪との練習は無駄じゃなかった。次の瞬間には言葉がきちんと出てきてくれたからだ。

「彩花さん、帰る前にひとつお話があるんです」

「どうしたの？」

「来週末の夏祭りで、俺とデートしてもらえませんか？」

「え」

彩花さんは口元を押さえる仕草と共に驚いてみせた。すぐには言葉が出てこないというような、呆然《ぼうぜん》とした表情を暫時浮かべたのち、

「それは……本気で言ってるの？」

と、俺の表情を窺《うかが》うようにして慎重に問いかけてきた。

「もちろん本気ですよ。彩花さんに嘘《うそ》はつきません」

かつての俺は療養生活を送っていたから、彩花さんとは夏祭りに行けずじまいだった。それが心残りな部分もあったから、夏祭りをデートの場に設定したまである。

そう伝えると、彩花さんはにっこりと笑ってくれた。

「そっか。じゃあ楽しみにしておこうかな」

「――っ」

その返事はすなわち、承諾してくれた、という解釈で間違いないよな？

い、生きてて良かった……こんなにも嬉しいことは他にない……！

「でも結斗くん、まずは期末を乗り切らなきゃだね。それまでは勉強、頑張ろっか」

「で、ですね！　頑張りましょう！」

かくして、俺は彩花さんとの夏祭りデートを締結するに至った。


「じゃあアヤ姉とのデートは割とすんなり決まったんだ？　ふぅん……」

その日の帰宅後、俺は自室で澪に勉強を教えていた。そしてデートに上手《うま》く誘えたことを報告している。澪は機嫌を損ねたマリーアントワネットのように露骨なまでにつまらなそうにしていた。今年は俺と夏祭りに行けないことが確定したからだろうな。

「ま、良かったじゃん。キューピットとしては万々歳って感じ」

投げやり感がすごい……俺との夏祭り行脚《あんぎゃ》を毎年そこまで楽しみにしていたのかよ。

「なあ澪、そんなにふて腐れないでくれ。埋め合わせは必ずするから」

「……ホントに？」

「ああ、お前が暇な日にどっか出かける感じでな。約束するよ」

そう告げると、澪はみるみるうちに明るさを取り戻していった。

「言ったね結斗！　そんじゃ、お言葉に甘えまくり侍になったるもんね！　埋め合わせはいつがいいかな～」

現金な奴《やつ》め……まぁ、この人間臭さも澪の味か。

「そうだっ、お祭りの前日とか良くない？」

「来週の土曜か。お前大会とかないの？」

「県大会はその次の週だし、その日は朝からお昼過ぎまでの部活だから午後は空くよ」

「なんで祭りの前日が良いんだ？」

「だってそうすれば、仮想デートが出来るでしょ？」

「仮想デート？」

「お祭り本番は日曜だけど、土曜の段階から屋台とかは軽く出てるじゃん？　だからそれをあたしと事前に回っておけば、次の日のデートでその経験を生かせるよね？」

なるほど、だから仮想デートか。

「でもお前はそれでいいのか？　せっかくの埋め合わせをそんな風に使って」

「いいよ別に。埋め合わせをしてくれるなら、その分あたしもキューピットとして応えたいって感じだし」

「最高かよお前。でもその埋め合わせは一応、誘い文句の練習に付き合ってくれたお礼も兼ねてたんだ。それをそういう風に扱われたんじゃ、追加のお礼をしないといけないな」

「じゃあさ、その……」

「ぎゅって……、させてくれる？」

「どうした？」

どこか熱っぽい表情で、澪が唐突に抱きついてきた。恥じらいを帯びた澪の瞳には、いきなりのハグに照れる俺が映り込んでいた。隙間なく密着され、吐息すら感じる至近距離──。これが追加のお礼で良いって言われても、こんなのはいつもやってることじゃないか。何かもっと、プラスアルファなお返しがしたい。

そう考えた瞬間に体が動いて──

「──ひゃうっ」

俺は気付くと澪の体を抱き締め返していた。澪が驚いたように可愛《かわい》い声を発する。

「な、何してんの結斗？　いつもはこんな風に抱き締め返してくれないのに……」

「ま、まさにその通りだから、お礼も兼ねてたまにはそうした方がいいんじゃないかと思ってな。まぁ、こんなのがお礼になるとは思ってないが……」

「ううん……なんか、めっちゃ嬉《うれ》しい！」

澪がよりいっそうハグを強めてきた。それに呼応して俺も強くする、ほどの度胸はなかったが、引き続き澪の背中に腕は回したままだ。女の子らしい細さと丸みと、俺が好きな匂いを引っ提げて、澪は俺の腕の中に収まっている。

「ねえ結斗……こんな風にあたしを抱き締めちゃったらさ、浮気《うわき》なんじゃないの？」

照れた表情のまま、どこか茶化すような感じで、澪がふとそう言ってきた。

「う、浮気じゃないさ。俺はお前のことを異性として見てないからな」

「あたしは見てるよ、って言ったらどうする？」

「へ？」澪がジッと俺の目を射貫《いぬ》いてくる。「う、嘘だろ？」

「当たり前じゃん」澪はにへらと笑ってみせた。「冗談でした」

「や、やめろよお前……心臓に悪い」

「えへへ、ごめんね？」

イタズラな笑みと共に澪が俺から離れていく。ハグはもう充分なようだ。

「じゃあ結斗、来週のお祭り前日、仮想デートだからね？」

「ああ、分かったよ」

こうしてそんな約束を結ぶことで、澪の機嫌はひとまず回復したのだった。

◇澪――翌日の昼休み　海栄高校学食前廊下

友達と一緒に昼食を済ませ、お花を摘むためにトイレを目指していた澪は、廊下の向こうから彩花が歩いてくることに気付いた。
今日もゾッとするほど綺麗《きれい》な彩花を見て、澪はなんとなく身構えてしまう。
最近は昼食を共にすることもなく、どことなく避けている部分があった。
避けている理由は単純明快……嫌われているんじゃないかと、そう思っているからだ。
結斗曰《いわ》く、彩花は澪に嫉妬している可能性があるという。──あくまで可能性だ。
しかし仮に嫉妬され、嫌われているのだとすれば、良い気はしない。
無論、嫉妬されているからといって、嫌われているとは限らない。
しかしたとえ嫌われていなかろうとも、賑《にぎ》やかに接しようという気にはなれなかった。
上手く言語化出来ないが、モヤモヤするのだ。
結斗と彩花がだんだんと進展している現実に、胸が締め付けられそうになる。
そんな締め付けが日に日に強まり、幼い頃は大好きだった彩花のことが、なんだか──
「澪ちゃん、こんにちは」
「──っ」
すれ違ったその瞬間、彩花に声をかけられてびくりとした。
避けているのはこちらだけで、彩花は特にこちらを避けてはいないらしい。
（嫌われてはいない、のかな……）

そうなるとさすがに無視は出来ず、澪も足を止めて応じざるを得ない。

「……ども、アヤ姉」

「最近澪ちゃん、なんだかつれなくない？」

「そう、かな？」

「そうだよ」彩花は悲しげに呟《つぶや》く。「私、澪ちゃんに何かしちゃった？」

「……ううん、なんもされてないよ」

そうだ、何もされてない。澪がただなんとなく避けているだけだ。目の前の彩花を見る限りこちらを嫌っている様子なんてないのに、澪は同じように接することが出来ない。

《──むかつくもんね。急に帰ってきたかと思えば、お祭り巡り、奪われちゃったし》

心のどこかでふとそんな自分の声が響いた。唐突なそれは悪魔のような囁《ささや》きだった。

「そんなんじゃない！　勝手に決め付けないで！」

「み、澪ちゃん？」

「あ、えっと……」

心のノイズへの反論が声として出てしまい、彩花から心配の情を向けられる。

「澪ちゃん、大丈夫？　部活とかで疲れてない？」

「な、なんでもないよ……じゃ、あたしは行くから」

うつむき加減に告げて、澪は気まずさを携えて足早にその場から立ち去っていく。
（ばか……あたしのばか……今の心の声は何？　何考えてんの、アヤ姉にあんな……）
むかつくだのなんだのと、敵意を向けるだなんてありえない。
（キューピットなんだから、しっかりしなよあたし）
自分の望みは結斗と彩花をくっつけること。それ以外の思考なんて抱くべきじゃない。
（……結斗に迷惑かけちゃダメなんだから）
命懸けで救ってくれた幼少期の結斗への恩返し――それがこのキューピット活動だ。
（……結斗が幸せになってくれれば、きっとあたしだって嬉しいはずなんだから）
だから頑張らなきゃ、と考えて、ふとめまいに襲われ足を止める澪。
「ん……」
最近よくこうなるが、理由はなんだろう……分からない。
「とにかく……頑張ろ」
数秒の立ちくらみに耐えたのち、健気《けなげ》な少女は矢を携えた天使であろうとし続ける。

◇　結斗

テスト前の準備期間が過ぎ去り、いよいよ勝負の一週間の始まりだった。

海栄高校の期末テストは、一日二教科あるいは三教科のペースで五日間を幅広く活用して行なわれる。そんな殺気立ったテスト期間は確実に消化されていき――

やがて金曜の放課後を迎えたところで、校内は弛緩《しかん》した空気に包まれた。久しぶりに部活動の喧噪《けんそう》も戻ってきて、テストの終わりを如実《にょじつ》に感じ取ることが出来たそんな中で、

「――織笠《おりがさ》くん、これは本気なの？」

俺は生徒指導室に呼び出されていた。正面には担任の佐藤《さとう》ゆかこ先生（二九歳独身）が座っている。先生の手前には俺が今週提出した進路希望調査票が置かれていた。呼び出されたのはその内容確認とのことだった。

「先生、俺は本気ですけど」

「そう……」

先生はなんとも言えない表情を浮かべている。まぁ、その第一志望を見ればそうなるのも分かる。俺自身、変なことを書いてしまったと思っているし。でも冗談ではないんだ。色々考えて、そうするって決めた。姉ちゃんをバカに出来ないが、それ以外に道はない。

「確認だけど……これは進学と並行して狙っているという解釈でいいの？」

「そうですね、それで大丈夫です」

「なら、別にいいのかもしれないけど……これ、ずっと夢だったの？」

「いや、そうではないです」

「そうではないの？」

「はい。ただ、そうしないと並べない気がするんです」

「誰に？」

「憧れの人にです」

彩花さんにふさわしい存在となるために、その夢は必要なのだ。彩花さんを追いかけて追いすがり並び立って引っ張るためにも。何より、また離れ離れにならないためにも。

「憧れの人って……なるほど、織笠くんは青春してるのね、羨ましい。ま、そういうことなら頑張ってみるといいかもね。進学を捨てないなら、先生は応援しとくから」

そんな言葉をかけてもらい、呼び出しは平穏に終わった。

俺は生徒指導室をあとにして、そのまま一人で直帰する。

澪は久々の部活だし、彩花さんも演劇スクールで自分を磨くらしい。

二人とも、それぞれの夢に邁進《まいしん》している。

姉ちゃんだって、欲望に忠実な夢を持っていた。

俺だけが何も持たない状態だったが、それはもう違う。

俺にも夢が出来た。

ある意味馬鹿げた夢だが、これでいいと思っている。

あとはこれを、どこかのタイミングで彩花さんにきっちりと伝えたい。


その夜。

「やっぱ部活はいいね！　テストとかなんも面白くないし、水中が一番っ」

部活終わりの澪が俺の部屋を訪れていた。

「さて結斗、明日は例の日だよ？」

「仮想デートだな」

彩花さんとの本番に備えて、祭りの準備が進む駅前通りを澪と一緒に巡る。

「待ち合わせはここでいいのか？」

「うん、部活が終わり次第しゅばっと来るから、そのつもりで待ってるようにね！」

そんじゃ！　と澪は短い滞在時間を経て立ち去っていった。

「…………」

仮想デート——澪は明日の埋め合わせをそういう風に見立てているようだが、俺としては澪にしっかりと楽しんでもらいたい気持ちが強くあった。

例年なら明後日《あさって》の夏祭り本番を澪と一緒に巡っているが、今年はそれが出来ない。

その分の埋め合わせが明日なのだから、その場でまでキューピットとしての献身性を出してくれなくていいんだ。

もちろん下見が出来るのは助かるから、屋台の大まかな配置なんかは覚えて帰りたいところだが、明日のすべてを本番に向けた練習みたいに扱うのはやめにしたい。

本番のことはあまり意識せず、明日は澪と楽しむ外出にしたい。

そう意気込みつつ、今夜はのんびりと過ごして眠りについた。

翌朝に目覚めたあとは、勉強バカらしく勉強しながら午前を過ごしていく。途中で届いた彩花さんからのラインによれば、今日の彩花さんは期末からの開放感を引っ提げてジョギングなんかをして過ごすつもりだとか。最後に『明日はよろしくね』とのメッセージが届いたので、『こちらこそ』と短く返し、俺は勉強を続けた。

やがてお昼が過ぎて、午後二時に差し掛かった頃――

「――お待たせ結斗っ！　ごめんっ、部活が長引いて遅れちゃった！」

予定より一時間ほど遅れて、澪が俺の部屋にやってきた。

「いいさ別に。そういう遅れならしょうがな――」

机から目を離して澪を捉えたその瞬間、俺は思わず言葉を途切れさせてしまった。

「どったの?」

「いや……お前がどうしたんだよ。私服じゃんか……久しぶりに見たぞ」

いつなんどきも制服あるいは学校のジャージで過ごしているのが澪という存在なのに、今はしっかりとおめかし済みだった。ファッションのことは正直よく分からんが、年相応の可愛《かわい》らしいコーデだと思う。本当にうっすらとだが、メイクもしているようだ。

「ど、どうかな？　らしくない……よね？　……ジャージにでも着替えてこよっかな」

「いや、可愛いと思うぞ……似合ってる。たまには女の子らしい格好も良いな」

「——っ！」正直な感想を告げたところ、澪は照れ臭そうにうつむいた。「そ、そうかな？　結斗のお眼鏡にかなってる？」

「まあ、な」

「そ、そっか」

澪はニマニマと嬉《うれ》しそうに頬を緩めていた。なんでそこまで嬉しそうなんだか。

「じゃあまぁ、ぼちぼち行くか。時間も限られてるしな」

「う、うん、そだね」

頷《うなず》いた澪と一緒に部屋を出ようとしたその時だった。

「ん……」

と、澪が急に足元をふらつかせ、倒れかかった体を壁に寄りかけたのが分かった。

「な、なんだよ平気か？　具合でも悪かったりするのか？」

「だ、大丈夫。こういうのたまにあるけど、すぐに復活するから」

「……ホントかよ」

この間もめまいで保健室のお世話になっていたが、マジで大丈夫なんだろうか。

「今日は大人しく休んどくか？」

そんな提案をしてみる。仮想デートなんかより澪の体の方が大切だ。

「いいってば。大丈夫。あたしは平気だから」

しかし澪はそう言った。すでに壁から離れ、普通に佇《たたず》んでいる。意識も明瞭そうだし、まぁ大丈夫……なのか？

「でも、また具合が悪くなったらすぐに言えよ？」

「うん、そうするから早く行こ。せっかくのお出かけなんだし」

そう言った澪に腕を引っ張られ、俺は外に連れ出された。

そのまま夏祭りの準備が進む駅前通りを目指す。

「ところでお前、今日はキューピットであろうとするなよ？」

「え？」

「仮想デートはそこまで意識しなくていい、ってことだよ。キューピットとしての藤堂澪じゃなくて、普通の藤堂澪として、今日は俺と過ごしてくれ」

「……っ」

澪は驚いたように目を見開き、それから真っ赤な表情で顔を伏せていく。

「ば、ばか。気、遣い過ぎ！　アヤ姉狙いなのにあたしを喜ばしてどうすんのさ……」

「喜んでるのか？　じゃあ気の遣い方としては正しいわけだな」

「ち、違うの！　喜んではなくて、その……うぅ！」

混乱のあまり語彙をなくし、うめくことで抗議してくる澪だった。

「なんだよそれ。とにかく今日は気を抜いて楽しんでくれ。今日はそういう日だ」

「じゃあさ……今日は結斗も、アヤ姉のこと忘れてくれるの？」

「お前だけを見ろって？」

「そ、そこまでじゃないけど……でもそういう日だって言うなら、そういう感じが良いかなって……」

いじらしくそう言われ、不覚にも澪を可愛いと思ってしまった。

「わ、分かった。じゃあ今日は彩花さんのことは忘れる……そういう日だ」

「へへ……いけないんだっ。結斗、不貞じゃん」

「何が不貞だよ……従姉妹《いとこ》と遊ぶだけだっつーの」

そんな言い合いをしながら、俺たちはやがて駅前通りにたどり着く。

観光名所の城がある公園内はもちろん、その周辺の街路にだって、明日の夏祭り本番に向けてすでに幾つもの屋台が軒を連ねていた。人混みもそれなりだ。山車《だし》が繰り出し、花火が乱れ飛ぶ明日の夜なんかはもっとおびただしい混雑が予想される。

はぐれないように気を付けて、俺たちは屋台を見回って遅めの昼食を摂《と》った。

腹を満たしたあとは適度に駅前通りをぶらついて、どういう屋台があるのかを確認し、明日の参考にしていく。それが済むと、澪が買いたいモノがあると言って駅前の百貨店に入っていったので、俺はそのあとを追った。

◇　彩花――同時刻　駅前通り　百貨店前

「今のは……」

いつもと趣向を変えて駅前通りを走ろうとしていた彩花は、人混みの影響で牛歩状態を余儀なくされていた。そんな中、ふと目に付いたとある光景に思わず足を止めてしまう。

「結斗くんと、澪ちゃん……？」

今見たのは間違いなく、二人が親しげに百貨店に入り込んでいく光景だった。もう姿は見えなくなっているが、見間違いではない。

翌日にこちらとのデートが控えているのに、結斗は何をしているのだ？

良い意味で捉えるなら……下見、だろうか。

（……なんで澪ちゃんも一緒なんだろ）

デート前日に他の女子と遊んでいるというのは、相手が澪とはいえ、解《げ》せない。

（ちょっとだけ……様子を見に行こうかな）

その好奇心は裏を返せば、ふつふつと湧き上がる澪への対抗心でもあった。

そんな感情にあらがえず、気付くと彩花はその足先を百貨店の中に向けていた。

◇結斗

「で、お前は一体何が欲しいんだよ」

「水着っ」

百貨店の中を歩きつつ、そんな返答をもらった。大会に向けて新調したいんだろうか。

ところが俺の考えとは裏腹に、澪がやがて訪れたのは普通の水着売り場だった。

「欲しいのって普通のかよ」

「そうだよ。じきに夏も本格化するじゃん？　だから友達からいつ海に誘われてもいいように備えておこうかな～とね」

言いつつ、澪は売り場内を見回ってビキニタイプのモノを何種類か手に取っていく。

「なんでビキニばっかなんだ？　ワンピース系も可愛いと思うが」

「そういうのは着心地が競泳水着に近いから飽きてるっていうか。それより結斗。ほい、どれがあたしに似合うと思うかね？」

「選べって？」

うん、と頷く澪。見せられたのは黒、白、赤、青の四種類のビキニだった。どれもフリルか何かで飾り付けられており、デザインとしては似通っている。

となると、色で選ぶべきか。この四色であれば、澪に似合いそうなのは……

「……黒が良いんじゃないか？」

「ほうほう、理由は？」

「浅黒い肌に黒の水着って、セクシーさがあって良いと思うんだよな」

「ふぅん、へぇ……結斗はあたしにセクシーさを求めてるんだ？」

「べ、別にそうじゃないが……」

「ま、いいよ別に。あたしも黒が良いかなって思ってたし。じゃ、試着してくるねっ」

一転して機嫌良さげに呟《つぶや》くと、澪は試着室に入り込んでいった。試着室の前で手持ち無沙汰に待っていると、やがて澪が、カーテンの隙間から顔だけ出してきたのが分かった。

「結斗、来て来てっ」

「なんだよ？」

「ちゃんと似合ってるか確認して欲しいのっ。——せーのっ、じゃーん♪」

そう言って澪が試着室のカーテンを大きく開け放ち——

「——っ⁉」

飛び込んできたまばゆい光景。

第一印象は、豊満、だった。黒の可愛らしいビキニを身に着けた澪は、その浅く日に焼けた全身を九割方露出させ、グラドルじみたスタイルを俺にさらけ出していた。俺の予想通りに黒のビキニはとても似合っているが、意識が向くのは水着そのものではなく、胸や太ももといった澪の魅力がぎゅっと詰まった生身の部位だった。まじまじと見るべきではないだろうに、男としてはどうしても目が離せず胸や太ももをジッと見つめてしまう。

「ん……なんか結斗の視線がいやらしい」

「お、お前の体がエロいのが悪いんだよ……」

素直な感想をぶつけてみると、澪は顔を真っ赤にして体をカーテンで隠し始めた。

「ば、ばかばか！　体がエロいって何さ！　結斗の変態！　直接的な感想禁止！」

「……じゃあいちいち見せ付けてくんなよ」

「み、見て欲しかったんだもん！　似合うね、とかそういう感想が欲しかったのにエロいとか言ってくるのは空気読めなさ過ぎ！　ばか！　ホントにばか！」

「わ、悪かったよ……」

恥じらった澪の反応で我に返った俺は、慌てて目を背けた。

「と、とにかくもうそれでいいだろ。マジで似合ってるから」

「……ホントに？」

「ああ、だからさっさと買ってきたらどうだ」

「うん……じゃあこれにしとく。結斗のお墨付きだしね」

どこか嬉しそうに言いながら、澪はカーテンを閉め直して私服に着替え、その黒いビキニをレジに持っていく。俺はその隙に膀胱《ぼうこう》を空っぽにすべくトイレに向かった。

◇　澪――一分後　水着売り場前

「あれ？　結斗居ないし」

会計を済ませて売り場の外に出ると、結斗の姿が見当たらなかった。

トイレかな、と考えて少し待つことにした澪の視界に、

「こんにちは、澪ちゃん」

「えっ、あ、アヤ姉？」

急に目の前に現れたのは、地味な変装を施した、スポーツウェア姿の彩花だった。

この間学校の廊下でやり取りをして以来のまともな邂逅《かいこう》だったが、気分を新たにキューピットを頑張ろうと決めた手前、気まずさはそれほどでもなかった。

「えっと……どったのアヤ姉？　なんでここに居るの？」

「結斗くんと澪ちゃんを偶然見かけちゃってね、何してるのかなって気になったから様子を見に来たの。今は楽しげに水着を選んでいたし、もしかしてデート？」

「こ、こっそり見てたとか怖っ。あのねアヤ姉、これって別にデートじゃないから！」

今日はキューピットであろうとするな、と結斗に言われているが、この状況ではそうもいかない。キューピットとして妙な誤解は解いておく。

「あたしは、ほら、明日のデートのこと聞いてるから、その下見を手伝ってるだけ」

「そうなの？」

「そうだよ。今の水着選びは息抜き。だから変に疑うのはやめてねアヤ姉。結斗は本気でアヤ姉とのデートに備えてるから、信じてあげて」

真《ま》っ直《す》ぐに伝えると、彩花は懐疑的だった表情を穏やかに一変させ、頷《うなず》いてくれたが、

「でも澪ちゃんのその行動って、本心なの？」

「え？」

「なぜか結斗くんのサポートをしてるみたいだけど、そうすることに納得はしてるの？」

さぐるように目を覗《のぞ》き込んでくる彩花に、澪は若干気圧《けお》されつつ、

「な、納得も何も……、あたしは別に結斗のことなんかどうとも思ってないし……」

「でも、この間私のことをちょっと避けていたのって、私にお祭りデートを取られて少し不愉快だったからじゃないの？」

「ち、違うし！　そんなはずないから！」

「だったら、私は別に遠慮しなくてもいい、のかな？　攻めに出ても良かったりする？」

確かめるように尋ねつつ、彩花は続けてこう言ってきた。

「私ね、ここだけの話だけど、結斗くんのことが好きなの」

「……っ」

「素を見せられる貴重な男の子だし、そうじゃなくても、ちっちゃい頃から可愛《かわい》がってき

てて、その頃からの約束を八年越しに果たしてくれたことも素敵だなって思ってる。そんな結斗くんとの、八年の空白をね、私は埋めたいの」

「アヤ姉……」

「澪ちゃんが結斗くんのことをどうでもいいって言うなら、私は澪ちゃんよりも先に進んだっていいんだよね？」

牽制《けんせい》するかのようなその問いかけは、さながら宣戦布告だった。

澪は動揺する——彩花の気持ちがそこまで結斗に傾いていた、という事実を知って。

そうなると、結斗と彩花は片想《かたおも》いをし合っているようなモノだ。

明日のデートで行き着くところまで行き着きかねない様相を呈してきた。

その様子を想像し、澪の中に不思議と焦《あせ》りが生まれる。……これはなんの焦り？

そう考えて唇を噛《か》み締めていると、

「でもね」

と、彩花がきびすを返しながらこう続けてきた。

「どれだけ頑張っても報われない努力ってあるじゃない？　私はきっとそれにぶつかると思うから、澪ちゃんはある意味安心していいのかもね」

その言葉の真意は分からなかった。

というより、真意を理解するだけの余裕が今の澪にはなかった。

「じゃ、このあとレッスンがあるから、またね澪ちゃん」

と言うだけ言って立ち去っていく彩花の背中を呆然《ぼうぜん》と眺めながら、澪の心はざわつき続ける。しかし落ち着きを取り戻そうとして、呪文のように同じ言葉を繰り返し始めた。

「あたしはキューピットだから……あたしはキューピットだから……」

だから、彩花がああいった積極的な姿勢だというなら、それは歓迎しなければならないはずなのに――どうしてこんなにも……あたしは心が揺さぶられているの？

「落ち着かなきゃ……あたしはキューピットなんだから」

二人が両片想いならそれでいいのだ。それは望むべき状況だ。

そう考えて、澪は自分の役目をまっとうすべく深呼吸を繰り返す。

◇ 結斗

「すまん、待たせたな……って、どうかしたのか？」

水着売り場の前に戻ると、澪がどこか妙な様子でそこに佇《たたず》んでいることに気付いた。

「あぁ……えっとね、別になんでもないよ」

澪はそう応じたが、見るからに雰囲気が怪しいんだが……。

「また具合が悪くなったんじゃないだろうな？」

「ち、違うってば！　とにかくなんでもないしっ！　ていうか結斗はなんで勝手に居なくなってるわけっ⁉」

「トイレだよ。生理現象なんだから許してくれ」

「ふぅん……まあ別に良いけどさ」

ぷりぷりと怒ったように言いつつ、澪は気分を改めるようにこう尋ねてきた。

「でさ、結斗はなんか欲しいモノってないの？　それこそ明日着てく勝負服ってある？」

「今日みたいな感じじゃダメか？」

「Tシャツにカーゴパンツで夏祭りデートはどうかと思うよ。甚平《じんべい》は？」

「持ってない」

「じゃあ見に行こうよ」

「お前って結局明日の下見って部分を意識してるよな」

「いいじゃん別に。結斗のためのキューピットはやっぱりしっかりと務めたいしね」

えへへ、と人懐《ひとなつ》っこい表情で微笑《ほほえ》む澪。

それがどこか無理をしているように感じられるのは気のせいか？

やがてメンズ向けの衣料品売り場にたどり着くと、澪は店頭の甚平を吟味し、

「はい、これ試着ね」

と、俺に似合うと思ったらしい藍色のそれを手渡してきた。

それから試着した姿を見せたところ、

「良いじゃん。プレゼントしたげる」などと言い出した。

「いや待てって。さすがにそこまでは」

「いいんだって。それ安いでしょ？　明日への手向けってことで」

「手向けだと俺は死んでることになるんだが」

「まあとにかくプレゼントさせてよ。ね？」

「……分かったよ」

熱意に負けた。俺は渋々と承諾し、澪の手で会計を済ませてもらった。

「ほい、プレゼントね」

「悪いな、ホントに」

「いいんだってば。キューピットの施しだから」

そう言ってニッと笑う澪が、やっぱり無理をしているように見える。

でもなんでそう見えるのかが分からないし、そもそも気のせいかもしれないから、俺は

何か具体的な心配をすることが出来なかった。

それからも澪と一緒に俺は売り場巡りを続けた。百貨店内をぶらついて、買う気もないのに家具家電売り場を見て回り、こういうの家にあったら便利そうだのお洒落《しゃれ》そうだの、他愛のない会話を楽しんだ。

それからゲーセンに立ち寄ってメダルゲームなんかで遊んだあと、日が沈みかけてきたことに気付いて、俺たちはそろそろ帰ることにした。

「ふぅ、結構楽しんじゃった」

「なら良かったさ」

帰り道。澪が満足そうな表情を浮かべているのを見て、俺はどこかホッとしていた。

まだかすかに明るい河川敷《かせんじき》の土手を通って、俺たちは帰宅を目指している。

明日の花火の時間になれば、この辺りは人でごった返すだろうか。

「ねえ結斗、ちょっとだけ手、繋《つな》いでもいい？」

「なんだよ急に」

「なんとなく、そういう気分だから」

「まぁ……好きにしろよ」

「うんっ」

頷いた澪が嬉《うれ》しそうに手を繋いでくる。こうして手を繋ぐのもいつぶりか分からない。

澪の手は温かくて、小さめで、すべすべしていた。

「昔はよく、こうやって手を繋いだままお出かけしてたよね」

「……幼稚園とかの頃だろ」

「そう。あの頃は今以上に一緒だったよね」

確かに一緒だった。どこに行くにも、何をするにも、二人一緒に行動していた。

しかしそれは嘘《うそ》でもある。

いつも一緒だった、というのが事実であれば、あんな悲劇は起こらなかった。

「あの時二手に分かれたこと、俺は今も後悔してる部分があるよ」

この河川敷で虫取りをするために、俺たちは川沿いの深い草むらに踏み込んで、二手に分かれて行動していた。結果として、澪が川に落ちて溺れ、それを助けた俺までもが溺れ、そこからの数年にわたる療養生活へと繋がることになる。

「……後悔って、あたしを助けたせいで自分が酷《ひど》い目に遭ったこと？」

澪がどこかおびえたように尋ねてくる。

「やっぱり結斗……あたしを恨んでる？」

「そうじゃない。そうじゃなくて、あの時一緒に行動していれば、そもそも澪が溺れずに済んだんだろうなって思うと、二手に分かれたのは浅はかだったなって話だ」

二手に分かれたのは俺の指示だった。だから澪を溺れさせたのは俺なんだ。

「それは違うっ。足場を確認しないで無駄に動き回ったあたしが悪いんだよ！」

「だとしても、二手に分かれなかった世界がベストだったはずさ」

そうすれば誰も溺れることはなかったと思う。

「澪が溺れなかったら、どういう世界になっただろうな」

「それは……まず、結斗が健康に過ごせたんじゃない？」

「そしてお前は水泳を始めなかったかもな」

澪が水泳を始めたのは俺への禊《みそぎ》的な意味もあるらしいから。

「でも俺にとって一番大きな変化は、彩花さんとそんなに親しくならなそうって部分か」

彩花さんと親しくなれたのは、俺が家で療養していたことがデカいと思う。療養状態だったからこそ、姉ちゃんの友達として家にやってきた彩花さんと知り合えたのだ。

だから澪が溺れなかった世界では、俺の療養生活も消えてなくなる以上、彩花さんとの繋がりはそもそも生まれなかった可能性が高い。

「……その方が良かった」

ぽつりとこぼされた言葉に俺は度肝を抜かれる思いだった。

「こんなこと考えたらダメなんだろうけど……結斗とアヤ姉に出会って欲しくなかった」

「……お前、いきなり何を……」

「ううん、出会うのは良いけど……帰ってきて欲しくなかった。思ってたのと違うんだよね、なんか、色々と……」

「お、お前マジで何言ってんだ……？」

「だって……もっと素直に二人の応援が出来るもんだと思ってたのに、それが全然出来なくて……だからあたしの心って、思ってたよりもずっとずっと結斗に――」

と。

澪が何かを言いかけたその直後、

「――あ、れ……？」

ふらりと、体から力が抜けたかのように澪が足元の安定感を失っていた。

それは外出前に見せためまいを思わせた。

異変に気付いた俺は咄嗟《とっさ》に抱きとめ、澪に呼びかける。

「なんだよ？　どうした？　どこか痛むのか？」

「えっと……なんかね、意識がふらって……」

外出前の時と違って、今の澪は朦朧《もうろう》としているのがひと目で分かった。視線が定まっておらず、ぼーっとしており、次第にゆっくりとまぶたを閉じていってしまう。

「おい待て待て！　い、意識がって、おいっ、しっかりしろよ！」

大きく呼びかけても、澪はあまり反応してくれなかった。

あぁ、なんだよ。くそ。お前やっぱり具合が悪かったんじゃないかよ。どこからだ？　いつからだ？　それこそ最初からか？　キューピットとして仮想デートを頑張らなきゃって意識があったからこそ、もしかして初めからずっと無茶をしていたのか……？

分からないが、とにかくここに来て症状は悪化したのだろう。

「――くそっ、お前頑張り過ぎなんだよっ！」

俺は急いで救急車を呼んだ。

無念にも、今の俺にはそうすることしか出来なかった。

◇

駆け付けた救急車に乗り込ませてもらい、澪と一緒に病院を訪れた俺は、待合室で澪の家に連絡しつつ、とにかく澪の無事を祈ることしか出来なかった。

やがて看護師さんが俺のもとにやってきたと思ったら、澪の処置が済んだから中にどうぞ、とのことだった。曰《いわ》く、澪はただ過労で倒れただけらしく、もうそれほど心配する必要はなく、じきに目覚めるだろう、と説明された。

病室に入ると、澪は点滴された状態で眠っていた。寝息を立てて胸を上下させている。

そんな姿を見て俺はホッとした。

けれど——過労。

澪は、過剰な負担をその肉体に感じていたらしい。部活の影響か期末の影響か、あるいはその両方の疲労を抱えた上で今日の外出があったから、こうなってしまったのか。

そのどれでもない、と俺は思う。

どれでもないというか、それらにプラスアルファというか。

キューピットが一番の負担になっていたんじゃないかと、俺はそう考えている。体調が優れないまま仮想デートに取り組もうとしたその気丈さがあだになったんだろう。

「……ごめんな、澪」

俺は澪を頼り過ぎていた。澪から言い出してくれたキューピットだが、どこかのタイミングできっぱりと「もう大丈夫だから」と独り立ちすべきだったのかもしれない。

それこそ、彩花さんを夏祭りに誘えた段階でな。

「遅いかもしれないが、今日で……俺とお前の特殊な関係を終わらせよう」

これ以上、澪に負担をかけるべきじゃない。

澪が目覚めたら、キューピットはもうやめさせよう――そう考えていると、澪がひと際大きな吐息を漏らして、目をゆっくりと開けたことに気付いた。

「ん……？　ここって、病院……？」

「――っ。起きたか？」

「あ、結斗……」

俺の存在に気付くや、澪が頬を緩めたのが分かった。

「そっか……結斗が救急車か何か、呼んでくれたの？」

「ああ、呼んださ。で、一緒に来た。お前……過労だってよ」

盛大な安堵《あんど》に包まれつつ、俺は胸を撫《な》で下ろした。

「だから命に別状はないってさ。経過次第で明日には退院出来るらしい」

「ごめんね……せっかくのお出かけが、こんなことになっちゃって」

上体を起こしながらそう告げてきた澪に、俺は首を左右に振ってみせた。

「何も気にしなくていい。お前は何も悪くない」

そうさ、澪は何も悪くない。強いて言えば俺が悪い。

「なあ澪、お前にひとつ言いたいことがあるんだ」

「……何？」

「もうキューピットはやめて欲しい」

先ほどの考え通りにそう告げると、澪は息を呑《の》んだように俺を見た。

「……なんで？」

「お前自身にその自覚がないにしても、きっとキューピットが無自覚にお前の負担になってるんだと思う。だからここまででいいよ、お疲れ様、ってことさ」

「で、でも……まだアヤ姉と結斗、付き合えたわけじゃないじゃん」

「そうだな。でもここからは俺一人で頑張ってみるよ」

きっとそうするべきだと思うから。

「それと、もうひとつ……俺は明日のデートを取りやめようと思う」

「……え？」

「お前が倒れた中で、そんなことはしてられない」

重い病とかではないにせよ、澪は明日も大人しくしている必要があるだろう。それなのに俺だけが、彩花さんとの夏祭りを楽しむだなんてどうかしていると思う。

「それはダメ」

ところが、

「それだけはやめてよ」

と、澪は頑《かたく》なな態度でそう言ってきた。

「結斗は明日、普通にアヤ姉とのデートを頑張ってよ。そうしなきゃダメだよ……そうしなきゃ、これまでの全部が無駄になっちゃうじゃん！」

……確かにそうだ。

今の澪を気遣えば、過去の澪が気遣われず、報われない。

「結斗はさ、本当にあたしのためを思うなら、明日デートしてよ……お願いだから」

真《ま》っ直《す》ぐな表情で、澪は重ねてそう言ってきた。しかし引っかかりを覚える。

「それは本心か？」

「……なんで本心じゃないって思うの？」

「だってお前は倒れる前に、俺と彩花さんを素直に応援出来ない、みたいなことを――」

「あれは朦朧とした意識が変なこと言っただけ！　ホントは応援してるから！」

「ホントか？」

「ホントだよっ」

澪の目を見る。どうなんだろう……嘘かホントか。

しかしどちらにせよ、俺は聖人君子ではない。

澪の本心よりも自分の本心を優先させたいのが本音だ——すなわちデートがしたい。

澪の本心は読みきれないが、今はデートをしろと言っているわけで。

だったら我慢の必要は……ないはずだよな。

「……分かった。お前がそう言うなら、デートは予定通りにやるよ。なんなら明日、告白するつもりでな」

内心は謎だが、澪は表向きは応援してくれている。だったらこれまでの集大成として、俺や澪が報われるように明日は頑張りたい。

「そっか……分かった」

「でもって、キューピットは今日で終わりだ。いいな？」

「うん、そうする……」

納得したのかしてないのか分からないが、澪はひとまず頷《うなず》いてくれた。

そうしていると、澪の親が駆け付けたので、俺は入れ替わりで帰ることにした。

「じゃあおばさん来たし、俺は帰るよ。またな澪。週明けに元気な姿を見せてくれ」

「任せといてよ。明日は吉報待ってる」

そんな返事を受けながら、俺は病室をあとにした。

「よし……」

夜を迎えた薄暗い廊下を歩きながら、明日に向けて気合いを入れ直す。

明日すべてを決めるつもりで、俺は夏祭りデートに臨んでやる。応援してくれる澪の分まで、俺は彩花さんにこの手を届かせなければならない。必ずだ。

◇　彩花——同時刻　都内某所　演劇スクール

「——幼なじみって卑怯《ひきょう》よね！　長い時間一緒に居られるのってそれだけで随分なアドバンテージだもの！　ええそうよ！　だから私はあなたが憎い！　私の想《おも》い人と幼なじみの関係にあるあなたがね！　長い時間一緒に居るだけの友達感覚なのかと思えば、時折恋人みたいにくっつき続ける……ワケが分からないのよ。いい加減っ、さっさと態度をハッキリさせたらどうなのかしら！」

「はいカットー」

講師を務める演出家の声が響く。彩花は演技を取りやめた。

「良いねえ。やっぱりアヤちゃんは手本としてナンバーワンだよ。臨場感がすごかった。復帰の時期は遠いけど、その時が待ち遠しいね」

「ありがとうございます、武田《たけだ》さん」

「さて君ら、今アヤちゃんがやったのと同じシーンを演じてもらうわけなんだけど——」

と、講師の武田が後輩たちに意識を向け始めた一方で、彩花はスタジオの壁際《かべぎわ》に近付いた。そこに置いていた水筒で喉を潤しつつ、ついでにスマホを確認する。ラインが幾つか届いていた。結斗からのモノがあったので、それを真っ先にチェックする。

『こんばんは彩花さん。澪が過労で倒れたので、一応お知らせしておきます。でも明日には退院出来るくらいの症状なので、重く見ないでください』

とのことで、彩花は驚いてしまう。

（え、大丈夫なの……？）

宣戦布告をさせてもらったが、別に仲違《なかたが》いしたわけではない。普通に心配だった。

『明日デートなんかしてる場合？　大丈夫なの？』

と、結斗に返信を送る。一分ほどで返事が来た。

『大丈夫ですよ。澪もデートしろって言ってくれましたし』

とのことだった。

澪はデートの決行を促したらしい。……なぜ？

（昼間もそうだったけど……なんで応援してるの？　澪ちゃんだって、きっと……）

澪の考えは分からない。しかしデートの権利を大人しく譲ってくれるというなら、ありがたくいただく——結斗くんとの空白の八年を少しでも穴埋め出来るなら、私は自重しない……ごめんね澪ちゃん。

「——アヤさんっ、あたしたちも一旦休憩もらってきました！」

そんな折、後輩二人が歩み寄ってきた。

「あ、そだ。聞いてくださいよアヤさん。茜《あかね》ったら、彼氏が出来たそうです」

「あら、そうなの？」

「は、はい……なんか出来ちゃいました」

「それはおめでとう」

優雅な十条《ジュウジョウ》アヤを演じつつ、ひがみもなく素直にそう告げる。

「そういえば、アヤさんは彼氏って居ないんですか？」

「私？　居ないわよ」

「これからそうなりそうな人とかも居ないんですか？」

そう聞かれた瞬間に結斗の顔が頭をよぎったが、彩花は小さくかぶりを振った。

「どれだけ好きになろうとも、親密にはなれないのよ」

「どうしてですか？」

「そうなれば、不幸にしてしまうからね」

それが分かりつつも、ある程度の積極性を有する自分が、彩花は嫌いだった。

◇ 結斗

迎えた夏祭り当日は、巨人がくしゃみでもしたかのようにとびきりの快晴だった。

でも俺と彩花さんは朝から祭りを見回る予定ではない。

真夏も近い、というか普通にもう真夏っぽい気候の七月上旬の朝から祭りなんぞを見回ったら死ねるので、彩花さんとのデートを始めるのは夕方からになっている。山車《だし》が駅前通りを闊歩《かっぽ》したり、二時間程度の花火が催されるのも夜だし、夕方から見回るのが正解だと思っての判断でもあった。

日中は勉強をして過ごし、やがて約束の時間が近付いてきたところで、澪にプレゼントされた甚平《じんべい》を身にまとった。澪の後押しは無駄にしない——そんな気持ちで外出の準備を整えると、俺はサンダルを突っかけて外に出ようとする。

「行くの?」そんな折、姉ちゃんに声をかけられた。「彩花とのデートよね? 朝帰りするつもりでガツンとやってきなさいな」

「朝帰りはさすがに無理だ」無茶を言うなよ。「つか、姉ちゃんは祭り行かないのか」

「日中に行ったから、夜はみおすけと過ごすの。一人だけ行けないのは可哀想《かわいそう》だし」

澪は今日の午前に退院し、すでに自宅へと戻っている。しかし今日のところは自宅での安静を強いられているらしい。多分明日には元気に復活するんじゃないかと思う。

「じゃあ澪のことは頼んだ。俺はもう行くから」

「行くのは良いけど、彩花と並び立つための夢——ピースは、埋まったの？」

「とっくに埋まってるさ。もう夢のない男じゃない」

「ちなみにどんな夢？」

聞かれたので答えたところ、姉ちゃんは爆笑してみせた。

「なんてことなの。結斗、それ本気？」

「本気さ。彩花さんのマネージャーになるっていう、姉ちゃんの夢を参考にしたんだ」

俺と姉ちゃんは似ている。身内なんだから当然だが、成績だったり、彩花さんスキーな一面だったり、血筋以外にも重なる部分は多い。マイペースに我が道を生きる優秀な姉を鏡にし、そんな生き方を羨ましく思って無意識になぞらえている部分はある気がする。

「彩花への好意も、わたしの真似《まね》っこ？」

「まさか。それだけは疑いようもない俺のオリジナルだ」

「なら安心ね。ま、とにかく頑張んなさい。その夢、わたしは応援するわ」

そんな言葉を背に受けて、俺は自宅を出発した。

「あ、今日は甚平なんだ？　良いね、和装の結斗くんって新鮮でカッコいいかも」

やがて到着した彩花さん宅の玄関で、顔を合わせた瞬間から褒め言葉が飛んできた。

一方の俺は、目の前の光景に意識を奪われ、そんな褒め言葉が右から左へ抜けていく。

「彩花さんこそ、その格好……」

「うん、浴衣《ゆかた》を着てみたんだけど、どう……かな？」

そう、彩花さんは浴衣を召していた。寒色の、ダーティーな色合いのそれが、彩花さんの色気を大幅に引き立てて美しく見せている。人混みに出かける影響で変装状態での着用ではあれど、綺麗《きれい》なことに変わりはなかった。

「ていうか彩花さん、その浴衣ってもしかして……」

「あ、気付いてくれたの？　さすがガチ勢だね。そうだよ、これは『八月の空に君は居ない』で私が着てた奴《やつ》ね。クランクアップの時にもらったモノを一応持ってきていたの」

やはりか。『八月の空に君は居ない』は彩花さんのデビュー作の映画だ。その映画で脇役ながら主役超えの美貌で話題になった結果、十条アヤはトントン拍子で人気が出た。

「それ、売りに出せばマニアが数千万は確実に出す代物ですよ……すげえ」

「え、そんなにするの？　じゃあオークションに出しちゃおうかな」

「いやホントに出したらダメですからね……？」

お金に困ってるわけではないだろうし、それは大事にしていただきたい。

それから俺たちはマンションをあとにした。夕焼けに浸透する祭り囃子《ばやし》を聞きながら、山車なんかが闊歩しているであろう駅前通りを目指す。

俺の気分はどんどん高まっていた。なんせ彩花さんとのデートだ。こんな日が来るだなんてつい一ヶ月ほど前は夢にも思わなかった——どころか、また会えるかどうかという疑問を抱えるほどに、彩花さんという存在が霞《かす》んでいたのに、人生ってのは分からないもんだ。順調過ぎて怖い。そろそろつまずくんじゃないかと不安に思ったりもする。

しかしそんな不安はあれど、俺は今日——告白する。

フラれるのを恐れて立ち往生していたら、きっと先には進めない。俺が彩花さんと付き合える可能性があるとしたら、博打《ばくち》に博打を重ねて大勝利した場合だけだと思うから。

やがて駅前通りに到着すると、その場の人混みにまず圧倒された。やはり昨日なんか目じゃないくらいの混雑だった。ムスカの名言がなんとなく頭をよぎる。

「ねえ結斗くん、手、繋《つな》ごっか？　すごい人混みだから、はぐれないようにしないとね」

「え、良いんですか？」

「良いよ……デート、だもんね」

不意の提案に驚いていると、少し恥ずかしそうに彩花さんの方から手を繋いできた。

彩花さんの手のひらは、夏場ながらどこかひんやりとしていた。時価数億のダイヤにでも触るかのように、俺もその手を慎重に握り返してみる。

「……繋いじゃったね？」

照れた表情で笑う彩花さんを見て心臓が高鳴った。彩花さんと手を繋ぐのは初めてではないにせよ、こういうデートの場で繋ぐのは照れも喜びもひとしおだった。

「な、何か食べます？」

繋いだ手を意識し過ぎるのもアレなので、俺は空気を変えようとしてそう言った。

「今日は俺がおごりますから」

「そんな。悪いよ」

「悪くないです。それくらいはさせてください」

彩花さんが休業した影響で金のかかる趣味がなくなったから、貯金は割とある。今日は一応万単位で引き出してきた。そんなに使うことはないだろうけども。

「じゃあ……結斗くんの甲斐性《かいしょう》に甘えさせてもらおうかな」

恐らくは俺を立てるためにだろう、彩花さんは大人しくおごられることを決めてくれたらしい。彩花さんのこういう大人な態度もたまらなく好きな部分のひとつだ。

そんなこんなで俺たちは屋台を巡り始める。

彩花さんがたこ焼きを食べたそうにしていたので、とりあえず一人前を購入した。それを二人で食べることになり、俺たちは道の端にあった幅広の階段に腰を下ろす。

「今日ってカロリーは気にしなくて平気なんですか？」

「今日はチートデイって奴なの。簡単に言えばバク食いOKの日ね。いつも低カロリーな食生活だと体がそれに慣れて低代謝になっちゃうから、たまにドカッと食べることで代謝が下がらないようにするの」

「へえ」

さすがは彩花さんだ。その日を祭りに合わせる辺り、やっぱりストイックだよな。

「そういえば、爪楊枝《つまようじ》ひとつしかないね」確かに長めの奴が一本だけだ。「ま、交互に食べればそれでいっか」

……いいのか？

「じゃあ結斗くんのお金で買ったんだし、まずは結斗くんからどうぞ」

彩花さんがたこ焼きをふーふーしながら俺の口元に運んできてくれた。

「はい、あ〜ん」

「あ、あ〜ん……」

照れを覚えつつも大きく口を開けて、たこ焼きを頰張らせてもらった。

「どうかな？　ちょっと熱い？」

「いや、だいじょうぶれす」

熱いことは熱いが、やけどするほどではない。嚙《か》んだ瞬間にソースの香ばしい風味とたこの弾力が伝わってくる。うん、美味《おい》しい奴だ。

「じゃあ私もいただいちゃおっと」

彩花さんが間接キスを気にもせず、同じ爪楊枝でたこ焼きを頰張っていた。まぁ高校生にもなってそれで大興奮とはいかないが、やっぱり照れ臭いのは事実だった。彩花さんも若干意識しているのか、心なしか頰が赤い気がする。

「ねえ結斗くん……そういえば」

「は、はい、なんですか？」

「ひとつ気になってることがあるんだけどね……昨日の澪ちゃんとのお出かけって、今日のための下見だったたってホント？」

「……え？　なんで昨日のこと知ってるんですか？」

「二人を目撃してたから」

「ま、マジですか⁉　いや、あの、確かに下見で、それ以上の意味はなかったです！」

「そう？　じゃあ昨日澪ちゃんに意識が行っていた分……今は私だけを見てくれる？」

どこか寂しげな表情でそう言われ、俺は気合いが入る思いで頷《うなず》いた。

「そんなの、言われるまでもないですよ。今の俺は彩花さんしか見てないですから」

「そっか……嬉《うれ》しい」

彩花さんは笑顔を取り戻してくれた。

「でも今だけ、でいいからね」

「え？」

「今だけでいいの。勝手に先走っちゃダメだよ？」

繰り返しそう言われても、俺には真意が読み取れない。このデートに集中して欲しい、ってことだろうか。もしそうなら、そんなのは重々承知していた。

「ところで彩花さん、他に食べたいモノがあれば遠慮せず言ってくださいね」

「じゃあ次は焼きそば食べよ？　それからチョコバナナも」

「定番攻めですね。いいですよ」

たこ焼きを胃に収めたあと、俺たちはお約束の食べ物を購入し、腹を満たしていった。その後は射的や金魚すくい、ヨーヨー釣りなんかの遊びに興じて、戦利品で手がふさがっていく。

「うがー、惜しいっ」

そして彩花さんがそんな悔しげな声を発したのは、型抜きをしている時だった。割と難しい型を九割方削れていたのに、あと少しのところで割ってしまっていた。

「ぐぬー……悔しいからもっかいやるねっ」

と、潔《いさぎよ》く負けを認められない彩花さんを見て、俺は微笑《ほほえ》ましい気分になる。こういう表情はなかなか見せてくれないから、今日はたくさん見られて楽しい。

そんな彩花さんと一緒に型抜きをやっていると、ひゅ〜……、と甲高い音が木霊《こだま》した直後に夜空が轟音《ごうおん》と共に明滅した。

「花火、始まりましたね」

花火は例年、午後七時から打ち上がり始める。すなわちもうそんな時間ってことだ。

「河川敷《かせんじき》に移動しますか？」

「そうだね、これをやり終えたら行こっか。花火はそっちの方がよく見えるだろうし」

型抜きを切り上げた俺たちは、人混みを縫って少し歩き、河川敷に向かった。

こちらもこちらで当然ながら混んでおり、俺たちはやっとこさ見つけた土手の空きスペースに腰掛けて、炸裂《さくれつ》し続ける花火を落ち着いて眺め始める。

花火は毎年二時間程度のプログラムが組まれて進行されていく。そんな花火ショーが終われば、夏祭りもおしまいとなる。だから終わりの時は意外と近い。

告白は、いつしようか――そんなことを考えながら花火を見上げていると、

「ねえ結斗くん、夢は決まった？」

ふとそんなことを尋ねられ、俺は「はい」と頷いた。

「そっか、決まったんだね。それは教えてもらえるの？」

「すいません、まだ内緒で」

告白の時にでも合わせて言おうと思っている。俺の覚悟を知って欲しいから。

「まだ内緒なんだ？　残念」

「ところで彩花さんは、女優という夢を貫くつもりなんですか？」

「そうだねえ……多分、このままなんじゃないかな」

彩花さんは遠い目でぽつりと言った。

「せっかく成功したわけだからね、それを手放そうとは思わないかな」

「そりゃそうですよね」

「でも、成功してるからといって極楽ではないよ？」

「……有名税、ですよね」

「それもあるけど、自分が求められなくなるのが辛《つら》いかな」

彩花さんは花火を見据えたまま続ける。

「私は九条《くじょう》彩花だけど、みんなが求めるのは十条アヤなの。どこに行っても十条アヤ十条アヤって……私は九条彩花なのに、九条彩花は要らない子。見栄《みば》えと建前ばかりが優先された穢《けが》れなき若手女優をみんなは求めるんだよね。素の私なんてどうでもいいんだ」

そんな愚痴を公の場で吐いたら炎上しかねないが、要するにそういう愚痴さえも許されない、穢れなき十条アヤで居ることを求められる周りからの期待が、彩花さんはイヤなのかもしれない。だったら俺は、胸を張ってこう言いたい。

「俺は彩花さんを、九条彩花として見てますよ。他の誰もが十条アヤとして捉えるような世界になったとしても、俺だけは九条彩花として見れる自信があります」

「……ほんとに？」

「誓います。十条アヤになる前から、俺は彩花さんに憧れてますし」

「そっか、ありがとね……結斗くんが応援してくれるなら、私は復帰してからもまた頑張れそうかな」

そう呟《つぶや》いた彩花さんを見て、俺は疑問に思う――すでにたんまりと膨大なお金を稼いだだろうに、それでもなお、辛いと感じる女優の世界に戻ろうとするのはなぜだろうか。

聞き出す勇気はなかった。

心の中だけで気にかけながら、俺も打ち上がる花火に意識を向けていく。

◇　澪――午後八時　澪の自宅

「もう一時間もすれば花火は終わり。そうすれば祭りも終わりよ。なんとも寂しいわね」

澪の部屋の窓からは、打ち上がる花火が割と見えている。

水上スターマインなどの低空花火はさすがに見えないものの、普通の打ち上げ花火に限って言えば、八割方は拝むことが出来ていた。立地様々である。

「ありがとね、ミヤ姉」

そんな中、澪はベッドに寝転がりつつ、共に過ごしてくれている京にお礼を告げた。

「一人でこんなの見てたら虚《むな》しくて死んでたと思うし」

「いいのよ別に。でもやっぱり結斗と一緒が良かったかしら？」

「ゆ、結斗はいいの！　結斗は……アヤ姉と上手《うま》くいってくれればそれでいいの」

そう、それでいい。そうでなければならない。

自分はキューピットだ。結斗にはもうやめろと言われたが、まだ非公認キューピットのつもりだ。だから結斗と花火が見たかった、なんて口が裂けても言えない。

「にしても、結斗はどうなってるんでしょうね」と京。「上手く行ったのかしら？　それとも失敗してる？　あるいはまだ何もしてなかったりして」

澪としても、それは気になっている。

結斗は今日、告白するとまで言っていた。ちくりと胸が痛みつつも、応援すると決めた以上、余計なことはしないつもりだ。彩花も結斗のことが好きなようだし、このまま行けば失敗に終わることだけはないだろう。

せっかくだから、見届けたいところでもある。

「……様子、見に行こっかなぁ」

安静にしろと言われているが、気怠《けだる》さがなければ明日から通常通りでいい、と医者には言われている。すでに気怠さはない。それにあと四時間もすれば明日になるのだから、実質的にはもう明日を迎えていると言ってもいいのでは？

そう考え、澪は決断した――キューピットとして、結斗の勇姿を見届ける。きっと結斗が報われるはずだと信じて、様子を見に行くべきだろう。

「行くってみおすけ、具合はもう平気なの？」

「平気だよ。ばっちしだね」

「でも昨日の今日で出かけたら、おばさんに怒られるんじゃない？」

「うん、だから窓から屋根伝いに降りてくよ。ミヤ姉はここに残って、万が一ママとかが来た時の誤魔化しよろしく」

「ま、待ちなさいよ。なに勝手に地獄みたいな役割をわたしに押し付けているの？」

「いいからお願い！　あとは任せた！」

「あ、こらっ！」

　京の困惑する声を聞きながら、澪は部屋にあった古い外履きを突っかけて、一階部分の屋根伝いに庭へと着地した。

　結斗たちの居場所はよく分からないが、今ならきっと河川敷に居るだろうと考えて、澪は足早にその場を目指し始めていく。

◇　結斗

　河川敷に来てからそれなりに時間が経過し、花火はフィナーレに入っていた。

しゅぽぽぽ、と幾つもの花火が噴き上がり、ばんばばばん、と夜空に大輪の花が咲いていく。俺たちはそれを黙って眺めていた。会話がないものの、かといって居心地が悪くはなくて、むしろ安心して寄り添えているような、そんな感覚が俺にはあった。

無言が続こうとも、それだけで雰囲気が悪化するような仲ではない。すべては終わったあとに話せばいいのだと、そんな気分だった。

やがて一段とドデカい花火が打ち上がったところで、本日の花火は終了とのアナウンスが響き始めた。混むのを嫌ってか、見物客たちが情緒も何もあったもんじゃない雰囲気でぞろぞろと帰宅を開始していく。こういう時は地元勢であることに優越感を覚える。帰りの道路や電車の混雑を気にしなくていいもんな。

「もう少しここに座ってようか。落ち着いて帰りたいもんね」

彩花さんの言葉に異論はなかったので頷き、俺は座ったままで居続ける。

みるみるうちに河川敷から人が居なくなっていくそんな中——

「今日はね、楽しかったよ」と彩花さんは穏やかに微笑みかけてくれた。「誰かとこうってはしゃぐことが出来たのは、いつぶりかなぁ。……振り返ってもパッとは思いつかないくらいに、とにかく久しぶりに楽しい休日だったかな」

「なら良かったです。最後はまぁ、花火を見てただけですけど」

「殺人犯と一緒に見たら落ち着かないでしょ？」

「え？」

「要するに、誰と見るかっていうのは、重要なファクターだと思うんだよね。結斗くんと一緒に見れたから、今日はこんなに楽しかったんだと思うの。他の誰でもない結斗くんとだから――ね？」

「彩花さん……」

嬉《うれ》しみにあふれることを言ってくれる。感激して泣きそうなくらいだ。

でも感受性豊かになっている場合じゃない。

もうぼちぼちお別れの時間が近付いているからこそ、告げなければならない。

告白だ。

雰囲気は、どうだろう。今なら良い感じだろうか。

場所はまぁ、もうちょっと良い場所がありそうだけれど、わざわざどこかに連れ出して雰囲気が盛り下がるのもイヤだし。

このまま突っ走ればいいんじゃなかろうか。

そう考えて、俺は、

「――彩花さん」

と、居住まいを正して言った。

「どうしたの？」

「あの、ですね、実はお伝えしたいことがあるんです」

「ん。なんだろ」

彩花さんの瞳が先を促してくる。

ついに本人めがけて口走る時が来たらしい。

積もり積もった八年分の片想《かたおも》い。

そのすべてをぶつけるのは今この時だ。

あぁそうさ、やってやれ織笠結斗。

逃げずに立ち向かい、思いの丈をぶちかませ。

「俺はですね、その……彩花さんのことが――」

◇　澪――同時刻　河川敷《かせんじき》

「――好きです。子供の頃からずっと好きでした。彩花さんのことを思わない日は一日だってなかったくらい好きです！　もし良ければ付き合ってください！」

と結斗が言い切ったその瞬間に、澪は立ち会えていた。

立ち会うと言っても、人がまばらになってきた土手の上から、やや下方の位置に座る結斗と彩花のことを見つけ、俯瞰《ふかん》しているような感じだろうか。

(結斗……アヤ姉に告白しちゃった)

家を出てから割とすぐに河川敷にはたどり着いていたものの、そこからなかなか二人が見つからなかった。花火が終わって人が減って、かなり探しやすくなったそんな中で、まさかこんなにもベストなタイミングで見つけられるとは思ってもみなかった。

結斗の告白を聞いた瞬間から、澪はどこか胸がチクチクと痛み始めている。結斗に好意を向けられている彩花が羨ましいし、妬ましい。どうしてそう思うのか——なんて、そんなのはもう、自分でも分かりきっているが、キューピットとして見届けにやってきた自分が、ここで私情を出すわけにはいかない。グッとこらえて、見守る。

そうしていると、彩花に動きがあった。結斗の告白から一分は経《た》っているだろうか。切り出すべき言葉を迷うかのような素振りと共に、

「……先走ってはダメ、って言ったのに」

困ったような呟き——そして、彩花はこう続けるのだった。

「ごめんね結斗くん、その想いには……応えられない」

（え）

と、澪は衝撃を受けた。

結斗の告白は、今の彩花の言葉が聞き間違いでなければ、失敗に終わったらしい。

結斗はこの薄闇の中でもショックだと分かる表情を浮かべていた。

そんな中で、澪の胸中に沸き立つひとつの感情があった。

それは——

（アヤ姉、何それ）

怒り、だった。

（結斗が……どれだけの想いで告白したか分かってるの⁉　結斗はずっとアヤ姉のことが好きだったんだよ‼　結斗は今ものすごい勇気と一緒に告白したはずなのに、それをフるだなんて何考えてるわけっ⁉　大体アヤ姉も結斗のこと好きなんじゃないの⁉）

と、今すぐにでも彩花へと詰め寄りたい感情に駆られつつ、

《——でもさ、あたし、それって本心？》

心の中で急にそんな声が聞こえてきた。

《——あたしのその怒りは本当に結斗のための怒り？　本当にそうかな？》

それはどこからか現れた、もう一人の自分の声だった。

いつだったかのように、悪魔のような囁《ささや》きが続く。
《――義憤は本心じゃないよね？　あたしは結斗のためには怒ってない》
（勝手なこと言わないで！　あたしは結斗のために怒ってる！）
《――いいや怒ってないよ。その怒りは結斗のための義憤じゃなくて、あたしが欲しくて欲しくてたまらないモノをあっさりと捨てたアヤ姉に対する怒りでしょ？》
（……っ）
《――認めちゃおうよ。あたしは結斗が好きで、アヤ姉にいらつくって。結斗の好意が欲しくて欲しくてたまらないって。だからその欲しくて欲しくてたまらない結斗の好意をあっさりと捨ててフったアヤ姉が気に食わないってさ！》
（うるさい！）
《――でもそれが真意でしょ？　いつまでキューピットやってんの？　苦しいのに、つらいのに、いつまで結斗とアヤ姉の応援してんの？　バカみたい》
（黙ってよ！）
《――結斗がフラれたならチャンスじゃん。負けず嫌いなんだから勝ちに行こうよ。アヤ姉が帰ってきて分かったでしょ？　結斗がアヤ姉にかまけてるのが面白くないって感じるくらいに、あたしは結斗のことが好きなんだから、そろそろ反旗を翻《ひるがえ》そうよ》

（あたしは……あたしは……）

悪魔のような自分の声に、澪は耳を塞ぎたくなる。

けれどその声は紛れもなく、今までずっと考えないようにしていた澪の本心だった。

《——さあ、どうするの？　何もせず指をくわえたままでいいの？　負けず嫌いのあたしが本当にそれでいいのかな？》

（あたしは……）

《——本当はどうしたいか、なんてそんなのはもう決まってるよね？》

（本当は……）

《——そう、本当は？》

（本当は——）

◇　結斗

「……ど、どうしてですか？」

やっとの思いで言えた言葉がそれだった。

ごめんね、と彩花さんの口からそう言われた瞬間に頭が真っ白になって、何も考えられ

なくなったが、それでも俺は足掻《あが》くようにしてそんな問いかけを行なっていた。

「な、何が至らなくて、何が悪いんでしょうか、俺は……？」

「結斗くんは何も至らなくないし、何も悪くないよ」

「……え？」

「私の恋人という立場はね、結斗くんにとって役不足だと思ったの。それだけだよ」

自分を卑下するように彩花さんは言った。ワケが分からない。

「や、役不足って……正しい意味で使ったん、ですよね？」

「うん。私と付き合うだなんて、そんな失礼な真似《まね》を結斗くんにはさせられない」

「……どういうこと、ですか？」

「付き合ったら、私は結斗くんを不幸にしてしまうの。だから付き合えない」

彩花さんは強い意志を宿した表情で言った。

「私は有名人だよ？　そんな人間と付き合って、仮に交際していることがバレたら、どうしても注目が集まってしまうよね？　お祝いの声もあれば、非難やバッシングもあるんだよ？　交際相手の特定とか、そういうデリカシーのない行為でもされたら、結斗くんの情報がネット上に流されてしまうかもしれないの。私はそうなってしまうのが怖い」

「そんなの、俺は覚悟の上です！」

彩花さんと付き合うということは、そういうことだと理解している。生半可じゃない道を歩むことになるかもしれないというのは、重々承知している。その上で、俺は彩花さんが好きだと言った。そんな覚悟もなしに告白なんてするものか。

「その程度、俺は気にしません。彩花さんと一緒になれるなら俺は――」

「私にはね」

と、彩花さんは俺の言葉を遮って続ける。

「それ以上に面倒な爆弾があるの」

「……爆、弾？」

「そうだよ。事務所にさえ明かしてない爆弾がね、私にはあるの。付き合った相手を不幸にしちゃうもうひとつの理由が、それ」

そう前置きし、彩花さんはこう尋ねてくる。

「ねえ結斗くん、私がどうして女優への復帰を目指していると思う？」

「え？」

「成功してても割と辛《つら》い世界に、また戻ろうとしている理由……想像、つく？」

「そんなのは……」

彩花さんの方からその問題に触れてきたことに息を呑《の》みつつ、俺は応じた。

「……天国のおばあちゃんに活躍を見せ続けるため、じゃないんですか？」

「そうだね、私の根源にあるのは間違いなくそれだよ」

でもね、と彩花さんは続ける。

「復帰を目指す理由はまた別にあるの。今の私が女優であろうとする最大の理由はね――お金だよ」

「お、お金？」

彩花さんらしからぬダーティーな理由に動揺してしまう。

そして直後に語られた真相で心は更に揺れ動いた。

「親がね、事業に失敗して借金を抱えているの。私がその返済を負担してるんだ」

「え……」

「数百万とか、そんなはした金じゃなくてね、桁が三つは違ってる」

さ、最低でも一〇億……。

「怪しいところから借りたお金ではないから、返済には割と猶予があるし、こうして学業に専念出来る時間も作れているんだけどね、生活はカツカツなの。卒業したら復帰してまたお金を稼がないと生きていけないし、返しきれない」

彩花さんの告白は予想だにしないモノだった。

だけれど——思えば。

ヒントは転がっていたんだ。

ミニマリストを思わせるほどに無駄な調度品のない部屋。

学業に専念するための休業なのになぜか塾や予備校に行かない。

食事はもやしを中心にしており、スーパーの値引きさえ狙っている。

なぜそんなにストイックなのかと疑問に思っていたけれど、それはストイックというよりも——そうやって生活を切り詰めざるを得ないだけ、だったに違いない。

彩花さんは借金のために身を削っていたのだ。

——返済のために。

それが彩花さんの、今、女優であろうとする理由。

気品あふれる優雅な振る舞いの裏で、必死に足を藻掻《もが》かせる白鳥の如《ごと》き生き様。

自ら爆弾と呼ぶほどの、あまりに大き過ぎる負債。

「でも……」

俺はそれを知ってもなお、いや、知ってしまったからこそ——

「……それが、なんですか？」

——手を引こうだなんて思えなくなった。

「俺にも背負わせてください」

「え？」

「その爆弾、俺にも背負わせてもらえませんか？」

「何を言って……」

「俺は本気です！　追い付いて追いすがり、共に並び立っていずれ彩花さんを引っ張るための大きな夢は、彩花さんの爆弾を一緒に背負うためのモノでもあったんだって、今運命を感じました！」

なんせ俺の夢は、叶《かな》いさえすれば、彩花さんの負債を返済してなお余りあるリターンを期待出来るモノだからだ。

俺の夢は何かって？

そんなのは決まってるだろ――好きな人と同じ立場を目指すんだよ！

「――俺は彩花さんと並ぶために芸能界に進もうと思ってます！」

「……っ」

「そして彩花さんを超える稼ぎを叩《たた》き出して、彩花さんのすべてを背負ってみせますよ」

知能を生かす夢ではないが、そもそも俺の根底にあるのは勉強ではなくて、彩花さんへの好意であり――勉強自体、彩花さんのためにやっていたことだ。

彩花さんと並ぶためなら勉強なんぞ捨てられる。無論本当に捨てはしないが、それくらいの覚悟を背負って俺は彩花さんと同じ舞台を目指す――それはもう絶対だ。

「ダメだよ、そんなの……」

彩花さんは困ったように笑った。

「……気持ちは嬉《うれ》しいけど、すっごく嬉しいけど……だけど、私のために生き方を狂わせるのは良くないよ」

「彩花さんのためじゃないです！　俺のためです！　俺がそうしたいからそうするってだけです！　だから巻き込んでください！　幾らでも！　俺は彩花さんにならどれだけ迷惑をかけられたって――」

「だとしても、ダメだよ」

俺の口元に人差し指を立てて、彩花さんは穏やかにそう呟《つぶや》いた。

「結斗くんに何をどれだけ言われたところで、こんな爆弾を共に背負わせるつもりは一切ないよ。そんな夢だって背負うべきじゃない。結斗くんが人生を懸けてまで救おうとする価値、私にはないよ」

「あります！」

「――ないよ！」

珍しく声が荒らげられ、俺は気圧《けお》された。

「ないから！　本当にそう思ってるなら結斗くんの目は節穴だよ！　私のどこが良いって言うの⁉　有名税と借金を背負ってるし、性格だって別に良くはないよ！　私は結斗くんが思ってる以上に面倒な女なの！　だから諦めてよ、お願いだから……私なんて、結斗くんにふさわしくないよ……」

弱まった語気ですがるように呟きつつ、彩花さんは立ち上がった。俺に顔を見せず、夜空を見上げるように上向けたまま、彩花さんは続けてこう言ってきた。

「ねえ結斗くん、ひとつ提案なんだけどさ……今日はお互い、何も聞かなかったことにしよっか」

「それって……」

「結斗くんは私の秘密を聞かなかった。私も結斗くんの告白を聞かなかった。今日はお互いお祭りを楽しんだだけで、それ以上のことは何もなかった……そういうこと、だよ。それでお互い、また平穏に普通の暮らしに戻ることが出来るでしょ？」

それは彩花さんなりの気遣いなのだと思った。付き合うことが出来ない代わりの、最大限の譲歩なのかもしれない。

「じゃあね結斗くん、また明日から普通に、よろしくね？」

「……普通に、ですか」

「そう、普通にね」

そう言い残し、彩花さんは足早に立ち去っていった。

「…………」

取り残された俺は、色んな感情が綯《な》い交ぜになって上手《うま》く消化しきれずにいる。

けれども、そんな中でもひとつだけ、決してブレない確かな想《おも》いがあった。

「諦めるなんて、そんなのは無理ですよ……彩花さん」

彩花さんを好きだという想いだけは、絶対に諦められない。

なんせ諦める理由がない。彩花さんは自分を面倒な女だと言っていたが、それは諦める理由になりえない。そもそも面倒じゃない人間なんて居ない、というのが俺の考えだ。人間なんてみんなしてクソが付くほど面倒で、その面倒臭さを許容出来る相手を探し出すのが恋愛って奴《やつ》なんだと思っている。

俺は彩花さんのことならなんだって許容出来る。彩《いろど》りのない、モノクロな、まったく面白みのなかった幼き日に、俺はあなたに救われたんだ。彩花さんのどんな面倒でも許容出来ると思えるのは、そんな日々に恩を感じているからだ。

あぁそうさ。ただ好きなだけじゃない。あの頃に救われた恩返しとして、今度は俺が彩花さんを救いたいと思っているんだ。だからこそ、俺は彩花さんの最良のパートナーになりたい。借金でもなんでも、共に背負わせて欲しい。

今日の告白がなかったことになったというなら、それはすなわち——もう一度チャンスをもらったと考えてもいいはずだ。

だったら俺は、また彩花さんを攻略するために頑張り始めるだけだ。

へこたれず。めげず。くじけず。

折れない心を持って挑み続ける——それだけだ。

どれだけ往生際《おうじょうぎわ》が悪いと言われても関係ない。

綺麗《きれい》な往生が人生の最期《さいご》にふさわしいだなんてまやかしだ。

息子や孫たちに囲まれて死ぬことが本当に幸せか？

一番良いのは囲まれたまま生き続けることだ。

だから俺はあらがう。

往生際を弁《わきま》えず。

足掻《あが》いて。藻掻いて。

醜いまでの必死さを露呈してでも、俺は——彩花さんを諦めない。

幕間《まくあい》3　女優の羨望《せんぼう》

結斗《ゆいと》と別れ、帰路を歩きながら、彩花《あやか》は今にも泣き出しそうになっていた。
（結斗くん……君って人は……）
結斗が告白をしてきたら、好きだからこそ、最初から断るつもりだった。
自分は面倒な女だからと。
有名税に苛《さいな》まされるし、億単位の借金もあるからと。
そう言えばあっさりと引き下がってくれるだろうと思っていた。
こんなにも重いモノを背負い過ぎた女のことなんて、誰も支えたがらない。
そうに決まっていた。
けれども予想外に、結斗は引いてくれなかった。
（俺にも背負わせてくださいって……そんなの、卑怯《ひきょう》だよ）
すがりつきたいほどに頼もしい台詞《せりふ》だった。
感極まった感情を表に出さないようどれだけ苦労したか分からない。

それほどまでにありがたい言葉だった。

けれどやはり、だからといって結斗にすがりつくわけにはいかない。

結斗にこんな重いモノを背負わせたくはない。

だからデートの最後の時間はなかったことにした。

これで綺麗さっぱり、元通りである。

（……これで良かったはず）

そもそもこれ以外に道がなかった。

（今、私が結斗くんと付き合うのはどうしたって難しい……）

万が一、交際がバレれば騒がれる。それは結斗にとって必ず迷惑となるモノだ。

そして彩花（両親）には億、厳密に言えば一〇億単位の借金がある。こんな負債を抱えた状態で、結斗を迎えることなど出来やしない。

立場が、交際に向かない。

付き合うことなんて出来るはずもなかった。

（悔しい……）

立場さえなければ。

親が彩花のブレイクで調子に乗って変な事業さえ始めなければ。

結斗の迷惑になりそうな余分な枷《かせ》さえなければ。

彩花は結斗の告白にすがりついていたのは間違いない。

（どうして私は……）

女優になってしまったんだろう、と。

彩花はこの時生まれて初めて、自分が名の知れた女優であることを恨んでいた。

恨んだところでどうしようもないと分かりつつも、恨まずにはいられない。

女優にさえならなければ、こんな展開にはならずに済んだのに。

そう思っていると――

「アヤ姉」

と、背後から不意に呼び止められた。

聞き覚えのある声だった。そもそも彩花をそう呼んでくる人物はこの世に一人しか居ないので、声の主はすぐに分かった。

「……澪《みお》ちゃん」

足を止めて振り返ると、そこには案の定澪が佇《たたず》んでいた。

「どうして澪ちゃんが……ここに居るの？」

「結斗の告白を見届けようと思って来てたんだ……あたし、結斗のキューピットをやってたから」

「……そう、だったんだ」

結斗の恋路を応援する素振りだったのはそういうことかと、彩花は場違いにも納得する。

「でね……アヤ姉の事情とか、こっそりと聞かせてもらったから」

「……なら、告白を見届けていたなら、分かるよね？　結斗くんを元気付けに行ってあげて。私に今、その資格はないから」

「今日のところは一人にしてあげた方がいいと思うから、それは行かないでおく」

「そう……」

「その代わりにアヤ姉のところに来たんだよ。言いたいことがあるから」

「……言いたいこと？」

「――アヤ姉が要らないなら、あたしがもらってもいい？」

曖昧な質問だったが、それは結斗を指しての言葉だとすぐに分かった。

「あたしには向けられない好意を向けられてるのに、アヤ姉は結斗をフったよね？　事情を聞いたら納得も出来たけど……でもさ、付き合おうと思えば苦難を背負いながらでも幾らだって付き合えるんだから、結斗をフったアヤ姉は贅沢《ぜいたく》だなってあたしは思う」

「贅沢……ね」

それをあなたが言うの？　と彩花は腹立たしい気分になった。

「最低でも八年、私よりも多くの時間を結斗くんと過ごしているんだよ、澪ちゃんは。それこそ贅沢だよね？　その八年で好意を得るための努力はしたの？」

「――っ、うるさい！　近過ぎても大変なの！　全然異性として見てもらえない！」

澪は吐き捨てるようにそう言った。

「だからここから本気になる！　あたしはアヤ姉に負けない！　あたしは負けず嫌いだから！　結斗が振り向いてくれるまで諦めない！　覚悟しといてよ！　アヤ姉が要らないっていうなら絶対にあたしが結斗をもらってやるんだから！」

宣戦布告でもするかのようにそう言って、澪はきびすを返して走り去っていった。

「……羨ましいね」

諦めるしかない自分と違って、まだ攻めていける澪が羨ましい。

「私だって……背負ってさえいなければ……」

彩花はそう呟《つぶや》いて、こらえていた涙をとうとう頬に伝わらせた。

エピローグ　初恋攻略最前線はただいまをもって修羅場と化しました

翌日。

新たな週が始まった中で、俺はその日の放課後を迎えようとしていた。

昨日の今日だし、校内では元から触れ合いをしてないこともあって、今日はまだ彩花《あやか》さんとのコンタクトが取れていない。

告白して玉砕しつつも、けれどなんだかんだまだ諦めなくても大丈夫な結果に終わったのは僥倖《ぎょうこう》としか言えないけれども、しかしじゃあ、ここからのアプローチはどうすればいいんだろう、などと悩んでいるところだった。

澪《みお》の手は、キューピットをやめろと言った手前、もう借りることは出来ないだろう。

今日の澪はと言えば、普通に登校してはいるものの、なぜか避けられている感じがあった。一体どうなっているんだか。昨晩の顚末《てんまつ》については一応ラインで報告済みだから、もしかするとそれに気を遣って一人にさせてくれているのかもしれない。

「まぁいいや……今日は大人しく帰ろう。頑張らなきゃいけないことも増えたしな」

今日からちょっと忙しくなる。彩花さんへのアプローチも兼ねてだが、俺は口先だけで終わらないためにも本気で芸能界を目指そうと思っている。

色んなジャンルがあるけれど、俺は俳優を目指す。あらゆる意味で彩花さんと同じ舞台に立つために、俺は妥協しない。……彩花さんが復帰した時に、また離れ離れになるのはイヤだから。

そう考えつつ帰り支度を整えて、俺は教室から出ようとした。

しかしそのタイミングで、

「……結斗《ゆいと》、ちょっといい？」

と、澪が俺のもとを訪ねてきた。今日、初めて話した気がする。澪はどこか緊張しているような面持ちだった。

「どうした？」

「あのね、その……とにかくちょっといい？　こっちに来て」

「？」

澪に手招かれ、よく分からないながらもその背中を追っていく。

するとやがて、俺は誰も居ない空き教室に誘い込まれた。

「どうしたんだよホントに？　なんの用だ？」

改めて尋ねると、澪は俺を振り返ってこんなことを言い始めた。

「まず、その……アヤ姉とのことはさ、良い結果にならなくて残念だったね。でも大丈夫だよ。元気出して」

「ま、元気はあるさ。彩花さんとは何もなかったことになった、ってだけだから、悪い結果ではないしな」

もう一度足掻《あが》くチャンスをもらえたのだと、俺は前向きにそう考えている。

「で、そうやって励ますために俺を呼び出したのか？」

「あのね、言いたいことはまだあるよ」

澪はそう言うと、背筋を伸ばして続けた。

「えっとね……あたし、藤堂《とうどう》澪は、ただいまをもってキューピットを正式にやめさせていただこうと思います」

「なんだそれ。もうやめていいって土曜日に伝えただろうに」

「まぁ、細かいことは置いといて、とにかくあたしの気分的には今がキューピットの店じまいの時間ってこと」

「分かった、承認する。用件は以上か？」

「違うよ」

澪は真面目な表情で更に呟く。

「もっと大事なのはここから。キューピットをやめたからには、あたしはもう結斗のサポートなんてしません」

「だろうな」

「だからもう遠慮もしません」

「遠慮しないっていうのは、どういうことだ？」

「決まってるじゃん。我慢せずに、諦めないことにしたの」

「何を？」

尋ねると、澪はずんずんと俺に近付きながらこう続けた。

「結斗を好きな気持ちを、諦めないことにしたの」

「は？」

「あたしね、結斗のことが好き。異性として大好き」

「——はあっ⁉」

「だからね、もう指をくわえて脳死サポートなんて絶対にやらない。結斗の応援なんて二度としない。あたしも恋愛に参戦して、アヤ姉を負かすって決めたからっ！」

こうして。

この日から——俺と澪と彩花さんによる、奇妙な三角関係が始まることになった。

あとがき

あとがきって何を書けばいいか迷うんですよね。一応これが六度目の機会なんですが、それでも「何を書こうかな」と煮え切らない思考のままキーボードを叩《たた》いています。あとがきの何が悩ましいかと言うと、個人的にはテンションです。どういうテンションのあとがきにすれば適切なんだろうか、と頭をひねってしまいます。

例えばこの作品を読み終わった皆さんは、何かしらの余韻を抱えているものと思われます（抱えてなかったらすみません……）。それなのに著者があとがきで滅茶苦茶《めちゃくちゃ》にふざけていたら、せっかくの余韻が壊されてしまいませんか？

なので、今作に関しては大人しい内容のあとがきを書く方がふさわしいのではないか、とたった今思いましたので、本文中に書き切れなかった補足なんかを大人しく書き記しておこうかと思います。ネタバレになるので、まだ読んでない方は回れ右。

まず、彩花《あやか》について。

実はそんなに華やかじゃない生活を送っていることが判明した彩花は、作中で彼女自身が言っていた通り、借金の存在を事務所に明かしていません。仮に明かせば、事務所は看板女優を助けるために出来る限りの援助を行なうはずですが、彩花自身はそういった迷惑を掛けたくない一心で事務所には内緒にしています。文春砲を食らわないように是非とも頑張って隠し通して欲しいところです。

ちなみに彩花の借金は親が作ったモノですけど、親がクズだったがゆえに出来たモノではありません。避けようのない不運に見舞われたことが原因なのですが、その辺は二巻が出ればそちらで多少は語られると思います。

さて、次に澪《みお》です。正直、澪についてはそんなに補足部分はありませんけれど、ひとつ言えることがあるとすれば、この作品の主人公は結斗《ゆいと》よりも彼女なんじゃないかと執筆中に何度も思いました。もちろん結斗も頑張っていますし、彩花だって主人公を張れるくらいの人生を歩んでいますが、このお話で最大のカタルシスを得られる場面は恐らく、澪が吹っ切れる最終盤〜エピローグじゃないかと思います。修正のために何度も最初から最後まで原稿を読み直しましたが、その辺りを読むたびに「やっと言いおったか、それでええんや」と澪の勇気を称《たた》えたい気分になります。

皆さんはいかがでしたでしょう？　ダブルヒロインの本作ですが、読み終わった今、澪を応援したくなりましたか？　それとも彩花を応援したくなりましたか？　正直どっちもそんなに好みじゃないな、でも構いません。このお話を読んで何かしら思ってくれたのであれば、著者としてはそれで満足です。

そして話は少し逸《そ》れますが、本作でも無事に年上メインヒロイン（彩花）を登場させることに成功しましたので、これでデビュー作から三作連続で年上ヒロインがメインを張るお話を書けたことになります。姉系が好きな自分としてはそれを途切れさせないことを目標に頑張っているんですが、流行《はや》り廃《すた》りもあるので今後どうなるかは分かりませんね。

ではここからは謝辞とさせてください。

担当氏。今作でもお世話になりました。ヒロインにマウント取られたい派の神里《かみざと》とマウント取りたい派の担当氏とでは好みが正反対なわけですが、それでも毎度毎度適切なアドバイスには非常に助かっております。これからもどうか助け続けてくださいませ。

そしてｓａｇｅ・ジョー先生。非常に肉感的かつ美麗なイラストを本当にありがとうございました。キャラデザを除くと、最初に拝見させていただいたイラストが表紙絵だったんですけど、まだ色が入ってない状態でも滅茶苦茶すごいクオリティだったので、やっぱり絵を描ける人はすごいなあ、すごいなあ、と語彙を失いながら感激したことを覚えています。一ファンとして、多方での活躍を願っております。

改めまして、読者の皆さんもありがとうございました。また二巻で会えますように。

神里　大和《やまと》

富士見ファンタジア文庫

初恋《はつこい》を応援《おうえん》してくれる幼《おさな》なじみとのラブコメ

令和３年５月20日　初版発行

著者――神里大和《かみざとやまと》

発行者――青柳昌行

発　行――株式会社KADOKAWA
〒102-8177
東京都千代田区富士見2-13-3
0570-002-301（ナビダイヤル）

印刷所――株式会社暁印刷

製本所――株式会社ビルディング・ブックセンター

※定価はカバーに表示してあります。
●お問い合わせ
https://www.kadokawa.co.jp/（「お問い合わせ」へお進みください）
※内容によっては、お答えできない場合があります。
※サポートは日本国内のみとさせていただきます。
※Japanese text only

ISBN978-4-04-074107-9 C0193 ◇◇◇

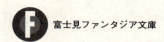

切り拓け！キミだけの王道
ファンタジア大賞
原稿募集中！
賞金
《大賞》300万円
《金賞》50万円
《銀賞》30万円
選考委員
細音啓「キミと僕の最後の戦場、あるいは世界が始まる聖戦」
橘公司「デート・ア・ライブ」
羊太郎「ロクでなし魔術講師と禁忌教典《アカシックレコード》」
ファンタジア文庫編集長
前期締切 8月末日
後期締切 2月末日
公式サイトはこちら！ https://www.fantasiataisho.com/
イラスト／つなこ、猫鍋蒼、三嶋くろね

富士見ファンタジア文庫

幼馴染《おさななじみ》をフッたら180度《ど》キャラがズレた

令和2年11月20日　初版発行

著者――はむばね

発行者――青柳昌行

発　行――株式会社KADOKAWA
〒102-8177
東京都千代田区富士見2-13-3
0570-002-301（ナビダイヤル）

印刷所――株式会社暁印刷

製本所――株式会社ビルディング・ブックセンター

ISBN978-4-04-073883-3 C0193　◇◇◇

切り拓け！キミだけの王道
ファンタジア大賞
原稿募集中！
賞金
《大賞》300万円
《金賞》50万円
《銀賞》30万円
選考委員
細音啓「キミと僕の最後の戦場、あるいは世界が始まる聖戦」
橘公司「デート・ア・ライブ」
羊太郎「ロクでなし魔術講師と禁忌教典《アカシックレコード》」
ファンタジア文庫編集長
前期締切 8月末日
後期締切 2月末日
公式サイトはこちら！ https://www.fantasiataisho.com/
イラスト／つなこ、猫鍋蒼、三嶋くろね